고마워요, 엄마

고마워요, 엄마

이현주 · 양희영 · 김태은

마음세상

01. 나는 엄마로 살아가는 딸입니다

이현주 작가

엄마는 그냥 되는 줄 알았다 · 13

엄마라서 당연한 게 어디 있어! · 22

너는 엄마가 있어서 참 좋겠다 · 31

엄마는 친구 없잖아! · 38

엄마가 내 엄마여서 참 다행이야 · 44

미처 몰랐어요. 당신에게도 꿈이 있었단 걸 · 51

엄마도 그랬었구나, 나처럼 · 58

엄마와 함께 나이 들어갑니다 · 64

딸은 엄마를 닮아간다 · 72

엄마라서 오늘도 글을 쓴다 · 79

02. 괜찮아, 우리 모두 처음이야

양희영 작가

멋모르고 시작된 임신 · 87

첫 아이 만나다 : 엄마의 길을 열어 주다 · 94

육아 초보는 말이 없다 · 101

야경증, 너 뭐니? · 106

두 번째 만남 – 두별이를 만나다 · 112

엄마, 미안해요 · 117

아픈 손가락을 마주 보다 · 122

너무 잘하는 너라서 · 128

우리가 코로나를 대하는 자세 · 135

사춘기, 너 뭐니? · 141

내가 찾은 책 육아 · 150

책이 사람을 만든다. 가족을 만든다 · 158

달라도 너무 다른 아이들 · 163

엄마가 되어 가는 길 · 169

03. 딸이 되어 엄마를 읽고, 엄마가 되어 나를 쓰다

김태은 작가

묵은 뿌리 위로 피어난 꽃 · 177

엄마가 되는 중입니다 · 187

딸을 낳고, 다시 나를 만났습니다 · 194

그 애는 내 딸인데, 내 엄마 같아요 · 200

엄마로 산다는 건, 결국 매일 작아지는 일 · 205

다시 나를 부를 시간 · 210

너는 너의 이름으로 피어나라, 나는 나의 문장으로 살 테니 · 214

추천 서평_ 여성을 성장시키는 모성_김지연 · 219

01

나는 엄마로 살아가는 딸입니다

—

이현주

엄마는 그냥 되는 줄 알았다

처음부터 엄마였던 사람은 이 세상에 단 한 명도 없다. 태어나 보니 누군가의 딸이었고, 품 안의 자식이 둥지를 벗어나 자신과 똑 닮은 아이를 품에 안고 또 다른 엄마가 되었다. 엄마의 아기였던 내가 또 다른 아기를 낳아 당신 자신이 걸어온 길을 뚜벅뚜벅 거침없이 걸어가고 있다. 엄마라는 세계는 가혹하다 싶을 만큼 모든 것이 생경했지만, 팔뚝만 한 작은 생명이 보여주는 세상은 그 어떤 것보다 찬란한 황홀경이었다. 내가 첫아이를 안고 젖을 먹이는 모습을 보며 친정엄마는 무슨 생각을 했을까. 엄마라는 엄청난 세상에 앞으로 불어닥칠 거대한 풍파를 먼저 겪어 본 엄마는 얼마나 아렸을까. 오만가지 생각과 감정이 혼재해 맘껏 기뻐할 수도 그렇다고 슬퍼할 수도 없었을 우리 엄마. 한때 엄마의 명치 끝에 매달려 있던 아이가 이제는 내 명치 아래로 와 붙어 떨어질 줄을 모른다. 그 무게가 어찌나 버겁고, 아프고, 쓰리던지. 아이를 품에 안고 기뻐 나대던 심장은 아이가 자랄수록 가슴을 찢고 나올 기세로 방망이질을 멈추지 않는다. 심장을 도려내는 듯한 낯선 통증이 사는 내내 가슴팍을 들락날락한다. 시간이 지나면 익숙해질 줄 알았지만, 손끝에 박힌 가시처럼 매일이 아프다. 이런 내가 정말 엄마 자격이 있는지조차 확신이 없다.

막연히, 결혼해서 아이를 낳으면 엄마가 되는 줄 알았다. 그것이 여자의 숙명이고 당연한 일처럼 여겨졌다. 하지만 '엄마'라는 두 글자에 이토록 무거운 책임감과 희생이 따르는지 엄마가 되기 전의 나는 꿈에도 상상하지 못했던 일이다. 누구나 엄마가 될 수 있지만 엄마라는 왕관을 쓴 여자의 삶을 이야기해 준 사람은 내게 단 한 사람도 없었다. 내 엄마가 첫 아이를 낳고 엄마가 된 것처럼 내 나이 스물아홉 살에 첫 아이의 출산과 동시에 엄마라는 왕관이 씌워졌다. 내 의지와는 상관없이, 나는 그 왕관의 무게를 견뎌야만 했다.

결혼 후 딱 6개월이었다. 자궁이라는 어둡고 조막만 한 작은 집에 귀한 생명이 둥지를 틀었다. 임신에서 출산까지의 모든 과정이 낯설고 두렵고 힘겨웠다. 임신이라는 사실을 인지한 그 순간부터 드라마에서나 보던 입덧이 시작되었다. 그것은 매일 밤 찾아오는 악몽처럼 평온했던 내 삶을 송두리째 헤집어 놓았다. 그 끔찍한 입덧이 무려 7개월 동안이

나 계속되었다. 결국 나는 의지로도 이길 수 없는 입덧이라는 복병 때문에 6년 가까이 몸담았던 첫 직장을 떠날 수밖에 없었다. 쉼 없이 울렁이는 메스꺼움은 하루 종일 뱃멀미하는 것처럼 괴로웠다. 숨을 쉬고 있지만 산송장처럼 아무것도 할 수 없었다. 마음은 출근해서 일을 하고 싶었지만, 몸이 전혀 말을 듣지 않았다. 당시 나는 3교대 근무를 하던 간호사였다. 근무를 나가지 못하면 그 누군가는 내 빈자리를 메워야 했다. 하루 이틀 출근을 못 하게 되자 결국 사직을 선택할 수밖에 없었다. 엄마가 되어가는 과정에서 포기해야 할 것들이 하나둘 생겨나기 시작했다. 나는 간호학을 전공했고 국가고시에 합격해 원하는 큰 병원에 취업했다. 기를 쓰고 이뤄낸 커리어였지만, 임신과 동시에 '경단녀'가 되었다. 엄마가 되어가는 과정은 임신에서 출산까지 신체적, 심리적, 정신적인 변화를 오롯이 혼자 감당해야 하는 외로운 싸움이었다. '원래 다 그렇게 엄마가 되는 거야. 거저 되는 엄마는 없어.'라고 스스로 위로의 말을 건넸지만, 한편으로는 '이게 맞는 것일까'하는 생각도 들었다. 생애 처음 겪는 이 모든 일들이 하나의 축복임은 틀림없었지만 왜 이 고통을 나 혼자서만 겪어야 하는지 남편이 원망스럽기까지 했다. 남편은 여전히 결혼 전이나 후나 별반 달라진 것이 없는 것 같은데 나는 확연히 달라진 삶 속에 놓여 있었다. 배불뚝이 몸을 하고 하루 종일 집안일하며 24평 아파트라는 새장 속에서 남편이 퇴근해 오기만을 목 빠지게 기다리는 처량한 신세가 되었다.

남편은 언제나 저녁 아홉 시를 훌쩍 지나서야 퇴근해 집으로 돌아왔다. 내심 반가우면서도 야속하기만 했다. 온종일 말할 상대 하나 없이 뱃속의 아기에게 혼잣말을 건네곤 했다. '아가야, 잘 있지? 엄마도 우리 아기 생각하면서 힘낼게. 우리 건강하게 만나자'라고. 그때마다 내 손은 자연스레 배에 가서 부드럽게 원을 그렸다. 밤이 되면 남편은 깊은 잠에 빠져들었다. 나는 남산만 한 배를 어찌할 바를 몰라 뒤척이느라 도통 잠을 잘 수가 없었다. 옆으로 누워도 보고, 똑바로 누워도 봤지만 불편했다. 거두절미하고 엎드려서 딱 한 번이라도 자봤으면 하는 마음이 굴뚝같았다. 뒤척인 숱한 밤을 지나 첫 아이는 38주 3일로 세상의 빛을 보게 되었다. 아이의 울음소리가 귀에 들리는 순간 '나 진짜 엄마가 되었구나' 싶었다.

생물학적으로 엄마가 된 것은 엄연한 사실이었다. 그러나 진짜 '엄마'가 되어간다는 것은 끝없는 선택과 감정 그리고 깨달음의 혹독한 여정이었다. 아이를 낳고 벌어지는 모든 일들은 낯설고 두렵기만 했다. 아기를 위해 뭔가를 할 때마다 '이게 맞나?'하는 물음표가 생겼다. 이 작은 생명이 나의 잘못으로 혹시나 잘못될까 봐 얼마나 노심초사했는지 모른다. 그동안 간호사로서 익힌 모든 이론과 실전 기술은 정작 내가 낳은 아이 앞에선 너무나 무력했다. 나는 내 아이에게 모유를 먹였지만 직접 젖을 물리지 못했다. 아이가 완강히 젖꼭지를 거부하는 바람에 나는 끝내 젖 물리기를 포기하고 유축한 모유를 젖병에 담아 수유를 했다. 지금 생각하면 왜 그렇게까지 했었는지 이해가 되지 않는다. 2 ~3

시간마다 일어나 퉁퉁 부은 젖가슴의 무게와 통증을 견디며 유축기를 돌렸다. 반복되는 유축에 피곤하고 힘이 들었지만, 배출되는 모유를 보며 잠시 희열을 느끼기도 했었다. 곤히 잠든 아이를 보며 나는 속으로 '네가 젖을 잘 물었더라면 엄마가 이런 고생은 안 하지'라며 원망의 말을 내뱉기도 했지만, 새근새근 잠든 아이의 천사 같은 얼굴 앞에선 그저 옅은 미소와 함께 사랑으로 귀결된다. 아기의 배꼽시계는 얼마나 정확한지. 2~3시간 간격으로 깨어 배고파 우는 아이를 위해 나는 밤잠을 설쳐가며 냉장실에 든 모유를 중탕해 아이에게 먹였다. 그리고 아이가 잠들면 작은 조명등에 의지해 꾸벅꾸벅 졸며 유축했다. 남들은 젖 물리기 한 번으로 수유가 끝나는데 나는 이중고를 겪으며 장작 돌까지 모유를 먹였다. 내 아이에게 어떻게든 좋은 것만 주고 싶은 마음이 나도 모르게 생겨났다. 엄마가 되어가는 과정에서 모성은 조금씩 힘을 얻고, 나는 아이를 낳기 전의 내가 아니게 된다.

나를 낳아준 엄마는 어땠을까? 아이를 낳고 키우다 보니 친정엄마가 위대해 보인다. 150cm 정도밖에 안 되는 작은 체구로 1남 3녀를 낳고 농사일까지 했다. 22살에 결혼해 온 식구 밥을 챙기며 시어른을 모시고 살았다. 당시 삼촌 두 분은 학생이었고, 게다가 아픈 삼촌까지 계셨다고 한다. 고된 시집살이가 이런 게 아니고 뭐란 말인가. 엄마는 그 당시에는 다 그렇게 살았다고 했지만, 농사꾼에게 시집을 보낸 외할아버지가 너무나 야속하기만 했다. 이모들은 모두 도시로 시집을 가서 편하게 사는데 우리 엄마만 시골에 남아 고된 농사일을 하고 있었기 때문이다. 엄마는 밭일할 때면 속이 깊은 빨간 고무대야에 우리를 몽땅 넣어두고 일을 했다고 한다. 그 이야기를 들은 나는 기겁했다. 어린아이들만 남겨두고 일이 손에 잡히더냐고, 혹시라도 잘못되면 어떻게 하려고 그랬냐고 엄마를 다그치듯 물었다. 듣고 있자니 웃기면서도 마음 한켠이 쓸리듯 아팠다. 그런 나와는 달리 엄마의 대답은 지극히 단순했다.

"일을 하려면 어쩔 수 없었어. 그 시절엔 다 그렇게 밭일하면서 애 키웠어. 그렇게 놔둬도 큰 탈 없이 울지도 않고 너희끼리 잘 놀더라. 큰일 날 게 뭐가 있어. 일하면서 다 보고 있는데."

지금 생각하면 이게 말이 되나 싶지만, 그때는 그게 살아내는 방식이었을 것이다. 요즘 같으면 어림도 없고 아동학대라며 신고부터 들어갔을지도 모른다. 엄마는 어렸고, 환경이 그랬고, 시대가 그 모든 것을 용납하던 시절이었다. 엄마는 시대가 허락한 그 모든 것에 자신의 청춘과 맞바꿔 지금껏 살아왔다. 농사일밖에 모르는 사람처럼 지금도 소처럼 일을 한다. 쉬는 것을 잊은 사람처럼 허리가 아프고 다리가 저려도 일을 손에서 놓질 않는다. 가끔 그런 모습을 보면 엄마가 불쌍하고 안쓰럽다. 오랜 시간을 흙더미에 묻혀 살다 보니 손과 발이 거북이 등껍질보다 더 거칠어져 볼품없다. 엄마의 정상적인 손톱과 발톱은 내 기억 속에 존재하지 않는다. 온전한 적이 있기나 했었는지 아무리 떠올려도 지금의 비정상적인 손톱과 발톱만 눈에 아른거릴 뿐이다. 엄마에게서 여자의 삶은 사라진 지 오래였다. 그런 엄마를 볼 때마다 코끝이 시큰해지고 눈시울이 붉어진다. 엄마의 고생이 모두 나 때문인 것만 같았다.

엄마라는 존재가 위대한 것은 자신의 청춘을 맞바꿔서 연약한 생명을 단단한 바위 같은 사람으로 키워내기 때문이다. 자신을 기꺼이 잃어가면서 그것이 당연한 줄 알고 밤새 모유를 먹여가며 그 고된 시절을 지나왔다. 내가 29살에 겪었던 일들을 22살의 엄마가 겪기엔 아무리 생각해도 너무나 어린 나이다. 첫 아이를 낳고 마냥 눈물이 났다. 진통을 22시간 겪은 후에야 세상 밖으로 나온 아이의 첫울음을 들을 수 있었다. 진통 간격이 좁혀져 올 때마다 배가 찢어질 것 같은 통증을 참아내며 더는 못 하겠다 싶을 때 무통 주사를 주입해 주셨다. 그 덕분에 무사히 출산할 수 있었다. 친정엄마는 아이 넷을 집에서 분만했다. 그 사실 자체로 나는 마냥 슬퍼졌다. 엄마의 피와 살뿐만 아니라 숨도 나눠 가진 존재가 바로 '나'였다. 엄마가 목숨 걸고 지켜낸 아기이니 엄마에게 나는 귀한 아이였을 게다. 엄마는 당연히 되는 것도 아니지만 나 자신 역시 우연히 태어난 존재가 아니었다. 귀하게 온 생명이니 스스로를 소중히 여기며 살아야 할 존재였다. 여자로 태어나 난생처음 맞이한 또 하나의 거룩한 세계를 온몸으로 부딪치며 엄마로 완성되어 간다. 이 과정은 죽을 때까지 계속된다. 엄마로 사는 내내 미완성이기에 엄마는 자식 앞에서 골백번도 더 무너지고 다시 일어선다.

마흔이 넘은 지금, 친구와 나는 임신과 출산 그리고 양육의 시기를 지나며 서로의 엄마가 되었던 순간을 아련히 떠올리며 이야기하곤 한다.

문득 친구가 어릴 적 고모가 임신했을 때 가족들이 임부복을 선물하며 축하하던 모습이 지금도 눈에 선하다고 한다. 어린 여자아이의 눈에 그 모습은 단순한 기억이 아니라 하나의 따스한 감정으로 남은 탓 일 게다. 어렸지만 한 생명을 맞이하는 일이 그 얼마나 소중하고 아름다운 일인지 은연중에 깊이 각인된 것이리라. '임신하면 저렇게 예쁜 옷을 선물로 받고 축하도 받는 거구나.'라고 생각했다고 하니 임부복 하나에 담긴 축복의 마음을 고스란히 친구가 느낀 것이다. 그러나 나도, 친구도 어느 누구에게도 임부복을 선물로 받지 못했다. 하지만 임신하고 배가 불러오면서 임부복을 사러 다니던 때를 생각하면 그 당시의 설렘이 새록새록 되살아난다. 임부복은 임신했을 때만 입을 수 있는 옷이고, 아이를 낳고 나면 다시 입지 않을 옷이기에 여러 매장을 돌며 고르고 또 골랐다. 임신을 한순간 하나의 생명이 찾아왔다는 것 그 자체가 축복이었기에 임부복을 사러 다니던 그때 마음가짐 또한 남달랐었다. 엄마가 될 몸이기에 예쁜 것만 보고 고운 옷만 입어야 할 것 같았다. 어쩌면 이 모든 순간이 알게 모르게 엄마가 되어 가는 과정의 일부였던 것 같다. 몸보다 마음이 먼저 엄마가 되어가고 있었던 것은 아니었을까.

나에겐 다시는 겪고 싶지 않은 입덧이라는 암흑기가 있었고, 생과 사의 문턱에서 새 생명의 우렁찬 울음소리를 들었던 눈물 나게 감격스러운 순간도 있었다. 잠이 부족해도 내 새끼 먹일 생각에 젖가슴이 돌덩이처럼 부어오르는 것도 참아가며 유축을 하고 젖을 물리려 했다. 엉덩이가 헐까 봐 수시로 기저귀를 갈아줬다. 먹고 싸고 울고 자는 것이

전부인 작은 생명이 의지할 곳은 오직 '엄마'의 품이었다. 엄마 자신 하나에 의지해 세상에 온 벌거숭이에게 자신이 보여줄 수 있고, 내어줄 수 있는 모든 것을 바쳤다. 엄마가 위대한 이유는 그 아이를 키우는 내내 단 한 번도 그 무엇을 바라며 키우지 않는다는 것이다. 저마다의 방식으로 자신이 줄 수 있는 모든 사랑을 주었다는 것을 엄마가 되고 아이를 키우면서 깨달았다. 조금 더 아픈 손가락은 있어도 깨물면 안 아픈 손가락은 없었다. 엄마라는 존재는 이 아픈 손가락들의 태동과 출생을 기억하는 유일한 사람이다. 사는 내내 아픈 손가락은 모진 말을 서슴지 않지만, 죽을 때까지 엄마는 아픈 손가락 걱정에 애간장이 녹는다. 나이가 들어도 엄마는 엄마가 되어가는 중이다. 엄마도 처음부터 엄마였던 건 아니기에, 자식이 나이 들어가는 그 모든 순간 역시 엄마에게도 처음이다. 엄마는 지금도 여전히 서툴고 낯설다.

엄마라서 당연한 게 어디 있어!

"엄마라서 당연해진 것들, 그러나 결코 당연시되어서는 안 되는 시간들 속에서 나는 엄마가 되어가고 아이는 성장한다."

엄마에겐 그래도 되는 줄 알았다. 기분 따라 쏟아내던 날 선 말들이 엄마에게 상처가 될 줄 몰랐다. 내 속마음과 다르게 말은 항상 가장 가까운 곳을 향해 가장 날카롭게 찌른다. 엄마에겐 이런 말을 해도 괜찮은 줄 착각했다. 하지만 생각해보면 엄마이기 때문에 더 가시 돋친 말들을 삼켜야 했다. 그러나 이상하게도 아빠 앞에서는 꿀 먹은 벙어리가 되면서 엄마 앞에서는 수도꼭지를 튼 것처럼 말이 끝도 없이 쏟아진다. 장대처럼 큰 키를 가진 권위적인 아빠 앞에서 말을 쉽게 할 수 없었다.

반면 엄마는 아빠 옆에 서면 고목나무에 매달린 매미처럼 키가 작았고 아빠의 말에 찍소리도 내지 못했다. 그래서일까 나도 어느 순간부터 아빠처럼 엄마에게 나의 감정을 여과 없이 드러내고 있었다. 나는 엄마처럼 자식 넷을 낳지 않았지만, 슬하에 딸 둘을 낳아 기르고 있다. 고되고 힘든 날이 많아도 두 딸은 내가 미처 보지 못했던 천국을 먼저 보여주었고 살아갈 이유가 되어 주었다. 늘 구김이 없었고 밝았다. 근심 걱정 없어 보이는 그 해맑음이 내 어두운 마음의 그늘을 양지바른 곳으로 만들어 주었다. 내 아이의 얼굴에 뜬 희고 맑은 태양 하나가 오래오래 지지 않기를 바랐다. 나의 욕심이었던 걸까 아니면 내가 아이들을 그렇게 만든 것일까. 사춘기에 접어들면서 엄마와 딸 사이에 보이지 않는 금이 가기 시작하더니 커다란 구멍이 생겼다. 그 구멍은 점점 더 넓어지고 깊어져 나와 딸 사이에 보이지 않는 간극이 생겨났다. 내가 철없이 엄마에게 던졌던 가시 돋친 말들이 마치 부메랑처럼 다시 내게 돌아오고 있었다.

'우리 엄마, 이렇게 많이 아팠겠구나!'

엄마니까 모든 것이 당연하게 허용되는 것은 아니다. 오히려 가까운 사이일수록 말과 행동을 조심해야 했다. 그러나 우리는 어떤 식으로든 말과 행동을 마음과 반대로 드러내려고 용을 쓰고 있는 사람처럼 보인다. 나는 청개구리 같은 딸들에게 말한다.

"너희들, 잘 들어. 엄마에게 쉽게 말하고 행동해선 안 되는 거야. 나중에 커서 후회한다. 엄마를 얼마나 가슴 아프게 한 짓인지 깨닫게 될 때 그때는 이미 늦어. 엄마라고 막 대하는 것은 절대 옳은 일이 아니야!
엄마가 살아보니 그래."

어쩌면 이 말은 나 자신에게 하는 후회와 자책의 말인지 모른다. 엄
마에게 용서를 구하고 싶은 마음에서 시작된. 그러나 나는 용기가 없다.
뒤늦은 용서를 구하려니 어색하고 쉽게 말이 떨어지지 않는다. 그렇게
곰살갑게 말하던 내가 엄마가 되고, 철이 드니 말과 행동이 더 어려워
졌다.

아이들이 등교를 한 후의 아침은 한바탕 전쟁을 치르고 초토화된 듯
한 풍경이다. 마냥 보고 있자니 한숨이 절로 난다. 언제까지 티도 나지
않는 청소를 해야 하는지 생각만 해도 역정이 나고 가슴이 갑갑하다.
실컷 방을 치워놓으면 오히려 자기가 알아서 할 건데 왜 치우냐고 도끼
눈을 하고 째려본다. 기가 막히고 코가 막혀서 숨을 쉴 수가 없다. 나도
할 말이 많다. 가만히 두면 자신이 알아서 방 청소할 거라며 하도 큰소
리를 쳐서 지켜보았다. 책상 위에는 검정색 옷가지들이 차곡차곡 쌓여
가고, 방바닥에는 매일 쓴 수건과 속옷이 뒤섞여 흩어져 있다. 게다가
먹고 남긴 그릇까지 여기저기 어지럽게 놓여 있어 방 안은 질서 없는
아이의 마음을 그대로 반영하는 듯했다. 돼지우리 같은 방에서 아무렇
지 않게 잠을 자는 딸아이의 심리를 알 수가 없었다. 이해되지도 않았
고, 이해하고 싶지도 않았다. 참다못해 못 이기는 척 청소를 단행했다.
청소를 하면서 나는 생각했다. '우리 엄마, 우리 네 남매 건사하느라 얼

마나 고됐을까? 나는 딸 둘 뒤치다꺼리하기도 힘든데 농사일까지 하면서 얼마나 속에서 열불이 났을까?' 이런 생각만 하면 견딜힘이 되다가도 깊은 한숨과 함께 내 신세가 처량하게 느껴지기도 했다. 그렇게 오후 늦은 시간 딸아이가 들어왔다. 깨끗해진 방을 보자마자 뛰쳐나와 "엄마, 내 방 청소했나? 왜 내 허락 없이 청소하는데?" 눈빛이 돌변해서는 나에게 신문하듯이 말한다. 나는 그 순간 표정 관리가 어렵다. 내가 오죽하면 청소했겠냐고 대꾸하면 딸아이는 질 수 없다는 듯이 "엄마 책이나 버려. 왜 자꾸 내 물건을 허락 없이 버리는데? 내가 엄마 없을 때 버려도 좋나? 그러면 나도 내 마음대로 버려놓을게." 나는 책 버리라는 말이 제일 싫다. 그걸 아는 딸아이는 늘 이런 말로 화를 돋운다. 나도 맞받아친다. "나는 버리지 않았고 그대로 자리만 옮겨 놓았을 뿐이다. 그러면 진작에 네가 청소 좀 잘하지! 냄새도 나고 벌레 나올까봐 청소했다. 너 혼자서만 이 집에 살아? 여기는 공공장소나 다름없어. 그러니 행동 똑바로 해! 그게 싫으면 나가 살든가." 나도 홧김에 일부러 마음에도 없는 말을 내뱉는다. 뒤돌아서면 후회할 거면서. 자식을 이기지도 못할 거면서 나는 이길 수 없는 싸움을 매일 하고 있었다.

　딸아이는 그렇게 마음을 헤집어 놓고 방 안에 들어가 인기척이 없다. 한 참 시간이 지나 딸아이 방에 들어가면 천연덕스럽게 깨끗하게 정리된 침대 위에 누워서 음악을 듣고 있다. 어이가 없는 이 상황은 말로 다 표현하기 어렵다. 그러고는 딸아이의 한마디는 더 황당하다. "방이 깨끗하니 좋긴 하네." 그러면 처음부터 화를 내지 말던가. 병 주고 약 주는 것도 아니고 이게 뭔 상황인지. 딸아이 마음을 도통 이해할 수가 없다. 사춘기라 호르몬이 통제권을 이탈했다 해도 그렇지, 해도 해도 너무하다. 딸아이와 실랑이 끝에 꼭 우는 사람은 딸아이가 아닌 '나'다. 내가 울어도 딸아이는 꿈쩍도 안 한다. 오히려 엄마의 눈물을 보고도 그 눈물의 정체를 알 수 없다는 듯한 표정으로 본다. 나는 이런 반복에 신물이 날 지경이다. 내가 어렸을 때를 생각하면 이 정도였을까 싶다. 농사일에 바쁜 부모님을 위해 청소와 설거지를 여동생과 가위바위보를 해서 각자 해야 할 일을 정했었다. 저녁 무렵 들어오실 부모님의 일거리를 덜어주기 위해 알아서 했던 것 같다. '왜 자기 방 하나 정리 정돈이 안 될까?' 아무리 말해도 치울 생각을 하지 않는 딸아이들이 야속하다. 이런 내 마음을 직장 동료에게 털어놓은 적이 있다. 그 동료의 말이 조금은 위안이 되었다. 요즘 아이들은 아쉬움이나 부족함이 없는 세대이기에 집은 그저 아이들에게 호텔 정도쯤으로 생각한다는 것이다. 먹고 싶은 것이 있으면 다 해줘, 편안하게 쉴 자기 공간이 있고, 씻고 벗어 놓은 옷가지들은 알아서 다 세탁해 주니 전혀 불편함이 없다는 것이다. 가만히 생각해 보니 그런 것 같다. 딸아이들을 원망할 게 아니라 나 자신을 나무랐어야 하는 문제인가. 어릴 적 엄마 대신 청소와 설거지를 해야 했던 서러움을 내 딸에게 대물림 되는 것이 싫었다. 곱게 자라서 좋은 집에 시집가서 하고 싶은 거 누리며 살게 하고 싶었다. 그 마음에 자꾸만 내가 먼저 나서서 하다 보니 전적으로 빨래, 청소, 설거지가 내 몫이 되어 버렸다. 매일 해도 끝이 나지 않는 집안일을 할수록 엄마가 늘 해오던 일들이 절대 당연하지 않음을 느낀다. 아무도 알아주지 않는 매일 반복하는 일들 앞에 자신을 헌납하듯 견뎌낸 시간이었다.

가끔 친정엄마의 음식이 그리울 때가 있다. 어릴 적 엄마가 만들어 주었던 술빵과 고추장떡 같은 엄마의 손맛이 들어간 추억의 음식을 먹고 싶어질 때가 있다. 당시에는 엄마의 손을 거쳐 간 모든 음식들이 당연하게 느껴졌었다. 그러나 지금 손수 음식을 만들어 먹으면서 음식 하나를 만드는 일에도 얼마나 많은 노동과 시간 그리고 정성이 들어간 일인지 직접 겪고 보니 음식 앞에서 투정 부렸던 일들이 부끄럽고 죄송한 마음이 들었다. 우리 아이들은 나만 보면 "엄마 맛있는 거 없어?"라고 묻는다. 그래서 "맛있는 게 뭔데?"라고 물으면 "그냥 맛있는 거."라고 말한다. 나는 그 말이 제일 어렵다. 정해진 메뉴가 있으면 맛이 있든 없든 만들면 그만인데 '그냥 맛있는 거'라고 하니 도대체 그 속을 어떻게 안다는 말인가. 내 딴에는 된장찌개나 김치찌개, 오므라이스나 계란말이 등등을 해서 밥상을 차려 놓으면 시큰둥하다. "다른 거 없어?"라고 할 때는 진짜 머리를 콕 쥐어박고 싶다. 땀을 흘려가며 나름 서툰 솜씨로 음식을 만든 보람은 어디로 가고 눈앞에서 반찬 타령하는 아이들이 마뜩잖다. "그냥 먹어. 밥 한 끼 먹기 힘들어서 굶는 아이들도 있는데 너희는 복에 겨운 줄 알아." 이렇게 말하면 어쩌라는 눈빛으로 본다. 투덜대면서도 한 그릇을 다 비우는 것을 보면 맛은 없지 않은 것 같은데 처음부터 기분 좋게 잘 먹겠다고 말해주면 어디 덧나나 싶다.

내가 어릴 적 밥상 풍경을 떠올려 본다. 밥상은 늘 두 개였다. 한

상은 할아버지와 할머니 그리고 아빠가 함께 드셨고 나머지 한 상은 엄마와 어린 우리 차지였다. 항상 할아버지 상에는 굴비가 있었고, 몽글몽글 파를 송송 얹은 계란찜도 있었다. 어른들이 다 드시고 남겨 놓은 굴비와 계란찜을 얼마나 맛있게 먹었는지 모른다. 먹을 것이 나름대로 귀했던 시절이었다. 지금이야 흔해 빠진 달걀이고 굴비지만 그 당시에는 나에게 돌아온 굴비 한 마리조차 온전하길 기대하는 건 사치였다. 대식구 음식을 하려면 아궁이에 불을 지펴 밥을 지었다. 연기를 마셔가며 가마솥에 밥을 짓고 반찬을 만들었다. 어느 순간부터 연탄을 피웠고 곤로가 생겼으며 한참이 지나 가스레인지가 들어온 것 같다. 지금 생각하면 밥 한 끼 차리는 일이 얼마나 번거롭고 불편했을까 싶다. 지금은 조리도구도 다양하고 도시가스를 사용해 음식을 만들고 더 나아가 전기레인지를 사용하기도 한다. 이렇게 편리해진 세상인데 나는 엄마가 되었음에도 친정엄마처럼 많은 음식을 해내지 못한다. 직장 생활하느라 기본 음식에 한정될 때가 많다. 게다가 인스턴트 음식이 마트에 가면 즐비해 있기에 간단히 조리해서 먹는 일에 길들어 있다. 이것저것 재료를 사서 음식을 하더라도 남긴 음식을 버리는 경우가 많아지면서 굳이 애써서 요리를 하지 않게 된다. 이런 나를 돌아보면 어릴 적 매끼를 따뜻한 밥으로 챙겨주시던 엄마가 대단해 보인다. 지금도 친정에 가면 삼시세끼를 직접 다 만들어 차리신다. 수건도 여전히 삶아서 뽀송뽀송하게 접혀있다. 나는 코를 대고 어릴 적 맡았던 수건 냄새를 맡아본다. 어릴 적 무심히 지나쳤던 소소한 일들이 세월이 지나 보니 그리움이고 감사다. 엄마의 사랑과 희생이 만들어낸 애틋한 그리움이다. 나는 이 그리움 앞에 가슴이 먹먹해진다. 나이 든 엄마가 살아계실 날들이 점점 줄어든다는 사실을 떠올릴 때면 남몰래 눈물을 훔치곤 한다. 나를 위해 차려주신 친정엄마의 따뜻한 밥 한 끼를 오늘은 먹을 수 있었지만, 내일도 먹을 수 있을지 생각하면 목울대가 아리다.

엄마가 식구들이 남긴 음식을 먹을 때 나는 그 의미를 알지 못했다. 내가 입지 않은 옷을 버리지 않고 자신이 입고 있을 때도 무심히 그 옷을 왜 입고 있느냐고 핀잔을 주었다. 엄마가 된 지금의 나는 내 식구가 남긴 음식을 버리기 아까워 먹을 때가 많아졌고, 딸아이가 입지 않고 버리려는 티셔츠를 집에서 내가 입고 있을 때도 있었다. 엄마가 되기 전 이해되지 않았던 일들이 이해되기 시작했다. 존재감 없는 청소나 빨래 같은 집안일들은 굳이 내가 신경 쓰지 않아도 늘 반듯하게 개어져 서랍에 옷이 넣어져 있었다. 햇볕에 바짝 말린 수건에선 청량한 냄새가 났다. 내가 찾지 못하는 물건은 엄마는 어디에 있는지 귀신같이 알고 있었다. 나는 지금에서야 그 모든 것이 당연한 것이 아니었음을 깨닫는다. 결혼 후 내 살림을 시작하면서 그 누구도 신경 쓰지 않던 무심한 일들이 늘 제 모습을 갖추고 있었던 것은 그 모든 일들 뒤에 엄마가 있었기 때문이라는 것을 깨달았다. 엄마처럼 안 살겠다고 다짐했던 내가 엄마의 전철을 밟아가고 있다. 알게 모르게 엄마의 그늘에서 학습된 일들이 나를 엄마처럼 살 수밖에 없도록 만들었을지도 모른다. 그러니 '딸은 엄마를 닮는다'는 말이 괜히 생겨난 말은 아닐 게다. 엄마를 닮아있는 나를 발견할 때면 얼굴이 빨개지고 흠칫 놀라곤 한다. 내 딸이 나와 똑같은 인생을 살게 될까 봐 덜컥 겁이 나서 가능하면 애들 앞에서 좋은 모습을 보여주고 싶다. 좀 더 갖춰 옷을 입고, 좋은 음식도 먹을 줄 아는 엄마의 모습을 보여주려고 노력한다. 친정엄마에게도 살갑게 말하려 애쓴다. 머리가 굵어질 대로 굵어진 아이들의 눈과 귀가 무서워 내가 대접받고 싶은 대로 말과 행동을 하려고 신경쓴다. 내 아이가 엄마는 남은 음식을 먹고, 자식이 버린 옷을 입는 사람이라고 당연하게 여기게 될까 봐. 이제는 '엄마는 그런 사람이 아니다'라는 것을 보여주고 싶었다. 우리 엄마는 어딜 가든 귀한 대접을 받아야 할 사람이라는 것을 딸아이가 느끼고 각인하도록 나부터 나를 아끼고 대접하며 살아야겠다고 다짐한다.

너는 엄마가 있어서 참 좋겠다

어느 누군가에겐 당연한 존재가 또 다른 누군가에겐 그렇지 않을 수 있다. 살아있는 동안 평생 그리움이 될 수 있다는 사실을 깨달았다. 그날의 나는 기차 안에 있었다. 퇴근 후 친정으로 가는 기차를 탔다. 무궁화호 기차는 잠시 쉬어가는 역들이 많다. 대구역에서 나는 몸을 실었고 구미역에서 기차는 잠시 정차했다. 사람들을 한꺼번에 토해내듯 기차에서 내리는 많은 사람들로 금방 붐볐다. 차창 밖을 무심코 고개를 들고 바라보았을 때 딸과 엄마로 추정되는 듯한 두 여자가 보였다. 딸은 엄마의 짐을 들어주며 손을 잡고 역 밖을 향해 빠져나가고 있었다. 그때 내 뒷자리에서 들려온 한마디가 귀에 선명하게 꽂혔다.

"너는 엄마가 있어서 참 좋겠다. 나도 엄마가 살아있었으면 좋다는 곳은 다 모시고 다닐 텐데 이제 그러질 못하네. 너는 엄마 있어 좋겠네."

순간 나는 가슴이 먹먹해졌다. 때마침 친정으로 가는 길이었기에 평생을 농사짓느라 제대로 된 가족여행을 가시지 못했다는 사실에 자식으로서 죄책감이 들었다. 나조차 병원에서 일하다 보니 정작 내 가족과 함께 여행다운 여행을 가지 못했다. 뭐가 그리 바쁘다고 뭐가 그리 대단한 일을 한다고 내 아이들과 부모에게 엄마로서 자식으로서 마음만 먹으면 충분히 할 수 있는 일을 못 하고 산 것일까. 그날 내 뒷좌석에 앉은 승객의 말 한마디에 친정으로 가는 내내 마음이 무거웠다.

외할아버지와 외할머니는 100세를 목전에 두고 세상을 떠나셨다. "더 좋은 세상이 올 텐데 내가 왜 죽어. 오래 더 살다 가야지."라며 제법 진지하게 말하시던 모습이 아직도 눈앞에 선하다. 이승에서의 삶이 두 분에게 더없이 좋으셨던 것일까. 외숙모는 시부모를 자신이 할머니가 되는 순간까지 모셨다. 아들과 며느리가 자식을 낳고, 그 자식이 결혼해서 또 다른 자식을 낳기까지 그 모든 과정을 지켜보셨다. 원 없이 효도 받으며 증손주까지 보고 세상을 하직하셨다. 그래서일까. 다 늙은 할머니가 된 딸들과 아들들이 슬퍼하기보다 행복해 보이기까지 했다. 외할아버지와 외할머니처럼 살다 가신 분들도 어쩌면 드물지 모른다.

오래 사신 덕분에 외숙모는 좋은 아파트에서 살아보지도 못했다. 내가 한참 어렸던 때부터 살던 집에서 벗어나지 못하고 시부모 익숙한 환경에 맞춰 사셨다. 며느리 입장에서 싫을 법도 한데 단 한 번도 그런 내색을 비친 적이 없는 외숙모가 존경스럽다. 반면 친정 부모님은 자식에게 효도를 바라기 힘든 세대가 되었다. 오히려 자식 눈치 보느라 하고 싶은 말도 애써 삼키곤 하신다.

아빠와 엄마는 칠순이 넘어 고아가 되었다. 보고 싶어도 만지고 싶어도 목소리가 듣고 싶어도 더는 갈 곳이 없다. 어느덧 자연의 섭리를 받아들이고 죽음 앞에 덤덤하다. 나는 아직 그럴 나이가 되지 않았나 보다. 이 세상에 아빠와 엄마의 존재가 없다는 사실이 상상이 되지 않는다. 아빠라고 부르고 싶어도 부를 수 없다는 것. 엄마라고 부르고 싶어도 더는 부를 수 없다는 그 심정을 감히 짐작조차 할 수 없다. 어림짐작으로 잠시 생각해 봐도 이렇게나 아픈데 실제 감당해야 할 슬픔과 고통은 헤아릴 수 없을 것이다. 물론 시간이 흐르면 그 감정도 옅어질 테지만 나를 낳아 길러주신 부모님이 같은 세상에 존재하지 않는다는 사실은 내 살점의 일부가 떼어져 나간 자리가 아물 때까지 느껴야 할 슬픔과 고통일 것이다. 지워지지 않고 선명하게 새겨진 흉터를 볼 때마다 그때의 슬픔과 고통이 되살아나듯 죽는 순간까지 느껴야 할 아득한 그리움일지 모른다. 아직 나는 아빠와 엄마의 빈자리를 생각하기조차 버겁다. 특히나 엄마의 빈자리는 더 크게 다가온다. 내가 친정이라고 부르는 그곳에 살아계신 친정엄마 품이 있어 좋다. 무릎이든 허리든 안

아픈 곳이 없을 만큼 늙은 부모라도 살아계셔서 엄마라고 부르고, 아빠라고 부를 수 있어 감사하다. 어릴 적 나는 이 자체가 감사인 줄 모르고 막걸리 거나하게 드시고 집으로 들어와 했던 말을 또다시 반복하며 족보를 꺼내 드는 아빠가 싫었다. 다른 엄마들처럼 집에 계시면서 집안을 돌보지 않고 맨날 밭일하느라 흙투성이 옷을 입고 있는 엄마가 이해되지 않았다. 그러나 지금 내가 친정집을 오가며 농사일을 거들어 보니 농사일은 집안일처럼 끝이 없었고, 고된 노동 끝에 씻고 잠자는 것 외에는 여유가 없었다. 집안 살림살이를 살뜰히 돌볼 체력이 부족했다. 아빠를 이어 농사를 짓는 남동생이 젊은 날 아빠가 왜 그리 막걸리를 마셨는지 알 것 같다고 말하는 모습을 보며, 막걸리 한 잔에 노동으로부터 오는 피로와 시름을 잠시 잊을 수 있었음을 그제야 이해하게 되었다.

고등학교 시절 친했던 친구의 엄마가 세상을 떠났다는 소식을 뒤늦게 알게 되었다. 나는 그 친구에게 늘 빚진 마음으로 살아왔던 터라 부고를 나에게 알리지 않은 사실이 몹시 섭섭했다. 내가 갓 병원에 입사했을 때 친구의 아버지가 돌아가셨다. 당시의 나는 일에 치여 부고 소식을 듣고도 근무를 바꿔 달라는 말조차 꺼내지 못했다. 입사한 지 오래되지 않아 일이 서툴렀고 하루하루가 지옥 같았던 시기였다. 감히 친구 아버지 부고를 말해서 근무를 빼달라고 요청할 용기가 나지 않았다. 결국 가장 친한 친구의 아버지 장례식에 가지 못했다. 그때는 너무 어렸기에 그것이 사는 내내 죄책감과 후회로 남을 줄 몰랐다. 그런데 친구는 엄마가 돌아가셨을 때조차 나에게 기회를 주지 않았다. 나는 친구에게 20년 전 빚진 마음과 지금 느끼는 섭섭함을 솔직하게 이야기했다. 친구는 마음의 빚을 내려놓으라며 오히려 나를 위로했다. 살기도 다들 바쁜데 조용히 장례식을 치르고 싶었다고 전하며 가끔 부모님이 안 계신 친정집에 언니와 오빠들과 함께 머물다 온다고 한다. 반겨줄 사람 없는 텅 빈 집이지만 정리하지 않고 부모님이 그리울 때 찾아가는 곳이 되었다.

친정 부모님이 사시는 이 집도 언젠가는 주인 없는 집이 될 날이 올 것이다. 언젠가는 그리울 때 한 번씩 들르는 곳이 될 그곳에 나는 일 핑계를 대며 부지런히 왕래하고 있다. 문을 열면 여전히 나를 반겨주는 엄마와 아빠가 계시기에 나는 아직도 이곳을 '친정'이라고 부를 수 있다. 또한 살아계신 부모님이 계셔서 아직도 '내게도 친정이 있다' 말할 수 있어서 다행이다. 포도 농사철이 되면 일손이 되어 드리러 친정에 간다. 내리쬐는 뜨거운 햇볕 아래에서 일하고 있노라면 저 멀리서 오토바이를 타고 오는 아빠의 모습이 보인다. 사실은 눈보다 귀가 먼저 반응한다. 바람을 가르며 다가오는 그 익숙한 엔진 소리가 들리면 '어, 우리 아빠 오토바이 소린데?' 하고 마음이 먼저 알아챈다. 무릎 관절 수술 후 걷는 게 많이 불편하신 아빠는 애써 통증을 참아가며 느린 걸음으로 다가와 음료수와 빵을 내민다. 나는 묻지도 따지지도 않고 무조건 받아 맛나게 먹는다. 아빠는 그것으로 자신이 할 수 있는 일을 다 했다는 듯

절룩거리는 걸음으로 조용히 자리를 떠나신다.

새소리만 허공을 채우는 고요한 시골 마을에서 엄마와 단둘이서 포도 순을 정리할 때가 있다. 그럴 때면 문득 이런 생각이 밀려든다. '내가 지금 이곳에 없었다면 엄마는 이 넓은 밭에서 혼자 포도 순을 정리하고 있었을 텐데. 바람이 스치는 소리, 가끔 기차가 지나가는 소리를 들으며 말 벗하나 없이 홀로 일하고 있었겠지.' 이런 생각에 이르니 덜컥 마음이 내려앉는 것과 동시에 눈물이 핑 고인다. 병원에서 일할 때 나는 몸이 피곤하다는 이유로 친정을 자주 찾지 못했다. 몇 달에 한 번씩 겨우 왔었다. 지금 돌아보면 그때의 내가 참 한심하다. 그렇게까지 애써 일하지 않아도 되는 일이었고, 굳이 내가 아니어도 어떻게든 돌아갈 일이었는데, 한 살이라도 젊을 때의 부모님을 찾아뵙는 시간을 미루며 살았다. 마치 이 순간이 영원할 것처럼. 어영부영 내 나이는 마흔 줄에 들어섰고 그 사이 부모님은 노쇠하였다. 있을 때 부모님께 효도해야 한다는 말이 실감 난다. 어디를 모시고 가고 싶어도 불편하신 몸 때문에 제약이 많다. 시간은 유수처럼 흐른다. 그 사이 부모님의 모습은 내가 생각한 것보다 훨씬 빠르게 변해가고 있었다는 사실에 가슴이 미어진다.

한 해 농사가 마무리되면 형제자매들 모두 함께 온천여행을 간다. 나는 바쁜 병원 스케줄로 한 번도 참석을 못 하다가 실직을 한 후에야 동행할 수 있었다. 엄마는 그동안 같이 못 했던 것이 마음에 걸렸는지

나와 함께 갈 수 있다고 해서 참으로 기뻐하셨다. 어릴 적 커다란 고무 대야에 뜨거운 물을 받아 놓고 나를 씻겨주던 그날이 어렴풋이 생각난다. 사춘기에 접어들면서 더는 엄마의 손길이 내 몸에 닿지 않았다. 그렇게 20년이 훌쩍 지나 서로의 벗은 몸을 마주하게 되었다. 어색하기도 하면서 만감이 교차했다. 금세 서로의 몸에 익숙해졌지만, 그동안 엄마에게 무심했던 딸이라 죄송한 마음이 컸다. 엄마와 딸이 함께 늙어 간다는 것은 서로를 이해하는 시간이자 벌어진 틈을 조금씩 좁혀 갈 기회가 아직 남았다는 의미이기도 했다. '너는 엄마가 있어 참 좋겠다'라는 어느 승객의 말이 '엄마 살아있을 때 잘해'라는 말로 들린다. 지금 내가 할 수 있는 효도를 다해 보려고 노력한다. 자주 얼굴 보고 말 한마디 더 나눌 수 있다는 것은 나중에 있을 후회를 줄이는 일과 같다. 더 많이 해주지 못했던 나를 원망하기보다 지금 내가 부모님과 함께했던 이 순간 덕분에 덜 슬프고 덜 후회할 수 있지 않을까.

엄마는 친구 없잖아!

친구란 무엇일까? 언제부터 친구라는 단어를 까맣게 잊고 살아왔는지 나 자신조차 기억나질 않는다. 그러나 나에게도 한때는 여섯 명이 껌딱지처럼 붙어 다니던 시절이 있었다. 초, 중, 고등학교를 함께 보내고, 대학교까지 다 같이 간호학과로 진학하게 되면서 똘똘 뭉쳐 다녔었다. 당시 우리는 슈퍼를 운영하시던 부모님을 둔 친구 집에 모여 서로의 머리를 염색해 주고, 맛있는 라면을 끓여 함께 나눠 먹었다. 좁은 방 안에서 다 큰 처자들이 다닥다닥 붙어 앉아 잠시도 웃음고삐를 늦추는 법이 없었다. 지금 그 시절을 다시 떠올려봐도 참 순수했던 그리운 시간이다. 대학 졸업과 동시에 각자 삶의 터전으로 뿔뿔이 흩어져 살다가 친구 중 누군가 결혼하게 되면 한자리에 겨우 모이기 시작했다. 완전체였던 우리는 하나둘 엄마가 되면서 점점 연락이 뜸해져 버렸다.

나 역시 맞벌이 부부로서 직장 일에 육아를 병행하느라 매일을 배터리 한 칸 겨우 남은 채로 겨우 버텨내고 있었다. 친구도 물론 친정 부모님조차 자주 찾아뵙지 못하는 상황에 이르렀다. 세월이 흘러 딸아이들이 중, 고등학생이 되면서 친구들과 다시 연락이 닿기 시작했다. 오랫동안 연락이 닿지 않았다고 믿어지지 않을 만큼 서로가 낯설지 않았다. 나이는 들었지만, 우리는 여전히 서로의 말투와 웃음소리를 기억하고 있었다. 그 공백의 시간은 완전한 단절이 아닌 지금의 우리를 이어주고 있던 보이지 않는 다리였다.

"엄마는 친구도 없잖아!!"

큰 딸아이의 이 말 한마디에 나의 몸은 딱딱한 목석처럼 굳어지는 것 같았다. 순간 말문이 막혔다. 그리고 씁쓸함이 밀려왔다. 나는 알았다. 딸아이가 나도 잊고 있었던 그 무언가를 건드렸구나. 평소 같으면 무심히 스쳤을 그 말이 그날은 이상하게 그렇지 못했다. 나는 왜 딸아이의 이 말에 마음이 쓰이고, 씁쓸하면서도 어딘가 모르게 쓸쓸한 감정이 드는 걸까?

'나도 친구가 있었는데, 다들 어떻게 지내고 있을까?'
'너무 삶에 휘둘려 사느라 친구들에게 소홀했구나.'

엄마로 사는 동안 어렴풋이 품고 있던 물음표 하나가 딸아이의 무심코 한 말에 밖으로 튀어나온 듯했다. 딸아이는 친구와 휴대폰이 달궈질 정도로 통화를 한다. 안방에 있으면 얼마나 까르르 숨넘어가듯 웃으며 말하는지 내심 '뭐가 그리 재미난 이야기를 하길래 몇 시간을 저러고 있는 걸까?' '나도 저 나이 때 그랬었나?' 고개를 갸우뚱거리게 된다. 한편으로 부러우면서도 손에서 휴대폰을 놓지 않고 친구와 통화하는 것이 그리 기분 좋은 일이 아니라 눈살이 절로 찌푸려진다. 가만히 들어보면 정말 쓸데없는 이야기들처럼 느껴지기 때문이다. 그렇지만 오랜 시간 친구와 연락을 하며 지내지 못한 미안함이 밀려와 당장이라도 친구에게 전화해 딸아이처럼 실컷 수다를 떨고 싶었다.

딸아이의 "엄마는 친구도 없잖아!"라는 말에 되받아친 말은 "엄마가 친구가 없긴 왜 없어! 엄마도 친구가 있어!"였다. 그리고 그 말을 들은 딸아이는 믿기 힘들다는 듯이 "엄마도 친구가 있었어? 진짜?"라며 놀란 황소 눈을 하고 얼굴을 가까이 내민다. 확인하고야 말겠다는 듯이. 더 서럽고 속이 시렸다. 문득 내 딸아이가 본 것이 엄마의 외로움인 것 같아서. 그냥 딸아이 눈에 내가 그런 모습으로 비쳤다는 것 그 자체가 마음을 헤집어 놓았다. 왜냐하면 나도 가끔 그런 생각을 하긴 했었기 때문이다. 정신 차리고 보니 연락하는 친구들이 몇 없었고, 아주 가끔은 친구에게 말 못 할 속앓이도 말하고 싶었다. 그런 생각도 잠시 다시 현실로 돌아와 육아를 하며 가정 살림을 챙겼다. 이런 내 속마음을 들켜

버린 것 같아서 그 말이 더 아프고 날카롭게 가슴을 찌르는 듯했다. "엄마는 친구도 없잖아"라는 말이 "엄마는 외롭잖아"라고 들렸다는 것을 내 심장이 먼저 알아차린 것뿐이었다.

나 역시 어린 시절 엄마의 앳된 흑백사진을 본 적이 있다. 그 사진 속에 엄마는 긴 생머리에 나팔바지를 입고 친구로 보이는 이들과 서로의 어깨 사이로 나란히 줄지어 선 채 찍은 사진이었다. 활짝 웃고 있는 앳된 얼굴의 사진 속 엄마와 브로콜리 머리를 하고 몸빼 바지를 입고 일하는 지금의 엄마가 매칭이 안 되어서 한참을 뚫어지게 사진을 살펴본 적이 있었다. '이게 진짜 엄마 맞아?' 하면서. 그때 사진을 보며 생각했었다.

'우리 엄마도 이렇게 예쁘고 고울 때가 있었구나. 친구도 많았네. 그런데 왜 맨날 동네 아줌마들하고만 어울려 있지?'

나도 철없던 시절, 엄마를 친구도 없는 사람 취급했었다는 것을 뒤늦게 알아차렸다. 엄마가 되어 살아보니 이제는 엄마를 이해하게 된다. 그 당시의 나에게 친구란, 그저 만나면 좋아서 웃고 떠들고 만나서 놀았던 것도 모자라 집에 와서 전화 통화도 하는 가장 친밀한 존재였다. 그런 친구를 엄마 주변에선 볼 수 없었던 것이다. 학교를 마치고 집으로 돌아오면 엄마는 집에 계시거나 들에 나가 일을 하고 계셨다. 하루

종일 농사일과 밥상 차리는 일이 전부인 사람처럼 늘 바쁘게 움직이셨던 것 같다. 엄마도 나처럼 문득 찾아오는 외로움과 친구에 대한 그리움이 왜 없었을까. 분명히 있었겠지만, 그 사실을 알아채기에는 어렸고 미숙했을 뿐이다. 사진을 보며 '엄마도 친구가 있었구나'라는 사실만 알아차린 것도 어쩌면 엄마의 외로움을 막연히 읽었던 것인지도 모른다. 딸아이처럼 입 밖으로 엄마 앞에서 말하지 못했을 뿐 그때의 어린 나와 지금의 내 딸아이는 묘하게 닮아있다. 그리고 이제 그 말의 숨은 뜻을 생각해 본다. '엄마도 친구가 있었구나' '엄마는 친구도 없잖아' 이 말은 '나를 낳은 우리 엄마가 행복했으면 좋겠다'는 또 다른 의미였다. 집에만 있지 말고 누구든 만나서 웃고 말하며 자신이 친구와 지금 행복한 것처럼 우리 엄마도 나와 같은 시간을 보내길 바라는 사랑하는 마음이 담긴 애정의 말이었다.

딸로 태어난 게 정말 다행이라는 생각을 한다. 내가 딸로 태어나지 않았다면 남의 집으로 시집와서 홀로 겪은 외로움을 누가 알아준단 말인가. 자라면서 여자이기에 어린 시절의 나도, 나를 낳아준 엄마도, 내 눈앞에 웃고 있는 딸아이도 이해하게 된다.

"내 딸 채원아, 채은아! 예전에는 엄마에게도 좋은 친구들이 늘 곁에 있었어. 자주 만나지 못해도 지금도 그 친구들이 엄마의 든든한 버팀목이 되어 주기도 해. 어떤 친구들은 마음속에 고스란히 남아 가끔 그립

기도 하고. 하지만 너희들이 엄마 키만큼 자라는 동안 엄마에게 또 다른 친구가 너희들이었단다. 내 가장 친한 친구가 바로 우리 채원이, 채은이였던 거지. 엄마도 외할머니에게 가장 좋은 친구로 기억되었으면 좋겠네."

친정엄마의 가장 가까운 친구가 나였다는 것을 너무 늦게 알아차렸다. 친구라면 그러면 안 되는데 함께 하는 동안 많이 투정도 부리고, 짜증 내고, 상처 되는 말을 하고 가장 나쁜 친구로 좋은 시절을 보낸 것 같아 죄송해진다. 남은 시간, 얼마의 시간이 친정엄마와 나 사이에 주어졌을지 모르지만 살아가는 동안 세상에서 가장 좋은 친구가 되어 주고 싶다. 친정엄마에게도, 나의 두 딸아이에게도.

엄마가 내 엄마여서 참 다행이야

"나를 지켜줄 신이 필요할 때마다 엄마가 그 자리에 있었다. 단 한 번도 배신한 적 없는 유일한 내 편이 바로 엄마였다."

'엄마'란 어떤 존재일까? 엄마를 생각하면 목울대가 뜨끈해지면서 딱딱한 호두 하나가 목에 걸린 듯 아픈 것만 같다. 영화나 드라마를 보다가도 엄마와 관련된 이야기가 나오면 나도 모르게 주르륵 눈물이 흐르고 코끝이 찡하다. 딸아이들은 이런 나를 보면 "엄마, 울어? 헐~ 엄마는 너무 감성적이야."라며 공기보다 가벼운 말을 남긴 채 홀연히 내 곁을 지나 방으로 들어간다. 내가 나이가 들어서 그런가 싶어서 금세 붉어진 눈시울을 애써 감춘다. 이 감정은 뭘까? 유독 '엄마'라는 두 글자 앞에 나는 한없이 약해지는 것만 같다. 어쩌다가 '엄마'라는 이름만 떠올려도 울컥하는 내가 된 걸까.

나에게 엄마는 그리움이고 버팀목이다. 바쁘게 애 둘을 키우고 살다 보니 엄마를 그리워할 틈이 없었다. 그러다가도 힘이 들 때면 가장 먼저 생각나는 사람이 엄마였다. 엄마도 나를 키우면서 수없이 주저앉고 그만두고 싶었을 순간들이 많았을 텐데 포기하지 않고 버텨낸 것을 생각하면 울엄마 힘껏 안아드리고 싶다. 그 모든 것이 사랑과 희생이 아니면 불가능한 것들이었다는 것을 알 나이가 되었다. 이런 내 마음과 달리 엄마에게 "사랑해요, 엄마"라는 말이 쉽게 입 밖으로 나오질 않는다. 낯간지럽고 왠지 부끄럽기만 하고 어색하다. 이날 이때껏 살면서 다 전하지 못한 고마움과 사랑하지만 엄마에게 미처 다 표현하지 못했던 마음 그 자체가 미안해 가슴이 먹먹해져 온다.

"지금까지 잘 버텨준 우리 엄마, 나는 죽었다 다시 깨어나도 엄마처럼 살아낼 자신이 없다. 엄마만큼 살 수도 없다. 그런 엄마가 내 엄마였기에 이만큼 잘 살아낼 수 있었다. 당신이 내 엄마여서 얼마나 다행인지 모른다."

신을 필요로 하는 모든 곳에 있을 수 없어 엄마라는 수호천사를 대신 보냈다는 글을 읽은 적이 있다. 처음 그 문장을 만났을 때 그저 '좋은 문장이네' 정도로 가볍게 넘겼다. 그러나 나 자신이 엄마로 살아가며 다시 이 문장을 마주했을 땐 더는 좋은 문장이 아니라 마음을 찌르는 문장이었다. 엄마라는 존재는 신이 내게 보낸 최고의 선물이 확실하니까. 무조건 내 편이 되어 준 사람, 나를 위해 자신의 몸을 아끼지 않았던 사람이 바로 엄마였다. 엄마는 자기만의 삶의 방식으로 나에게 낙원을 보여주셨다. 엄마가 보여준 그 세상이 낙원인 줄 모르고 원망하고 미워했다. 지금의 나는 엄마가 나에게 물려준 삶의 방식으로 내 자녀에게 낙원을 보여주고 있다. 그러나 나 역시 그랬던 것처럼 우리 아이들은 낙원을 눈앞에서 스치듯 하고 있다.

어릴 적 나는 친구의 엄마가 내 엄마였으면 좋겠다고 생각한 적이 있다. 우리 엄마는 농사꾼의 아내이기에 온종일 밭으로 나가 일하느라 손은 거칠고, 얼굴은 햇볕에 그을려 거무스레 그림자든 낯빛을 하고 있었다. 옷은 매일 몸빼 바지와 같은 헐렁한 차림에 화장한 얼굴은 잔칫날이나 되어야 볼 수 있었다. 나는 모든 엄마가 우리 엄마처럼 사는 줄 알았다. 하지만 친구 집에 놀러 간 날 세상의 모든 엄마가 다 같은 삶을 살지 않는다는 것을 처음 알게 되었다. 농협에서 일하는 아빠를 둔 친구의 엄마는 곱게 화장한 얼굴에 머리 스타일도 단정하고 옷차림새 역시 세련되었다. 나는 그때 알았다. 여자는 누구를 만나 어떤 삶을 사느냐에 따라 외모도, 삶의 전경도 달라질 수 있다는 것을. 순간 나의 엄마 얼굴이 스쳐 가면서 한편으로는 불쌍하고, 다른 한편으로는 원망했다. '왜 하필 우리 아빠한테 시집와서 소처럼 일하면서 사는지 모르겠다!' 그 시절 나는 고운 향기가 나는 친구의 엄마가 부러웠다. 예쁘게 매니큐어 칠한 고운 손으로 간식을 챙겨주는 친구의 엄마가 내 엄마라면 얼마나 좋을까라고 생각했었다. 그런 생각이 든 내가 어린 마음에 죄책감이 들기도 했다. 하지만, 이제는 안다. 내가 이렇게 살아있는 이유, 포기하지 않고 버틸 수 있는 힘, 이 모든 것이 한낮의 뙤약볕 아래에서 검게 그을린 구릿빛 피부와 거친 손을 가진 엄마 때문이라는 것을. 엄마는 당신이 보여줄 수 있는 최선으로 내가 살아갈 세상을 누구보다 따스한 모습으로 보여주셨다. 내 엄마만이 그려낼 수 있고, 가능했던 모습으로 내가 살아낼 여력을 잃지 않게 했다. 세상에 하나뿐인 내 엄마 덕분에 이만큼 살아갈 수 있었다. 엄마가 내 엄마라서, 그런 엄마가 아직 내 곁에 건강하게 살아있는 오늘이 얼마나 다행인지 모른다.

나는 딸아이와 함께 다정하게 손잡고 걸으며 오순도순 이야기를 나누고 싶다. 어릴 적에는 흔하디흔하던 풍경이 언제부터인가 서먹해졌다. 옆집에 사는 P 언니 역시 나처럼 딸만 둘이다. 딸 둘이 얼마나 생글생글 잘 웃고 인사성도 밝은지 볼 때마다 부럽다. 매일 같이 서로를 못 잡아먹어서 안달 난 새끼 호랑이 같은 두 딸을 생각하면 속상하다. 그런 내 마음을 읽었는지 언니는 나에게 말했다.

"자기야, 조금만 더 크면 지지고 볶고 싸웠던 것도 다 옛말이다. 둘이 친구처럼 여행도 다니고 쇼핑도 가고 그런다. 우리 애들도 얼마나 싸웠는지 몰라. 옷 때문에도 싸우고 먹는 것 가지고도 싸운다. 그래도 좀 크니 세상 둘도 없는 친구더라. 너무 걱정하지 마. 다 그러면서 큰다."

언니의 말이 나에게 큰 위로가 되었다. P 언니가 부러운 건 이뿐만이 아니다. 딸들과 나란히 외출했다가 웃으면서 귀가하는 모습을 보았을 때이다. 하하호호 웃음이 끊이지 않고 엘리베이터에서 내리는 모습을 여러 번 마주할 때가 있었는데 우리 집과 다른 낯선 풍경에 마음이 울적해진 날도 여러 날이다. 그 웃음소리를 들을 때마다 내가 뭘 잘못한 것만 같아 마음속에 남모를 죄책감이 들었다. 그런 날은 집으로 돌아서는 발걸음이 어딘가 더 무겁고 쓸쓸하게 느껴졌다. 큰 딸이 대학생이 되고 둘째 딸아이가 고등학교에 입학하게 되면서 조금씩 다투는 일들이 줄어들었다. 여전히 나는 딸아이와 함께 외출하는 일은 거의 없다. 하지만 이제는 더는 옆집 언니가 부럽지 않다. 어느 날 딸아이가 말했다.

“엄마, 나는 다른 집 엄마들도 다 엄마 같은 줄 알았거든. 그런데 아니더라. 친구들의 엄마를 만났는데 그냥 편한 옷차림을 하고 있더라고. 엄마는 어디 갈 때 원피스도 갖춰 입고, 엄마만의 그 옷차림이 있거든. 게다가 엄마는 글도 쓰잖아. 친구들에게 너희 엄마도 글 쓰냐고 물었더니 친구들이 아니라는 거야. 오히려 글 쓰는 엄마가 대단하다는 거야. 그때 우리 엄마가 특별한 엄마라는 것을 알았지. 그래서 나는 엄마가 내 엄마여서 참 좋아.”

이 말을 듣는 순간 그간에 섭섭했던 감정이 눈 녹듯이 사라졌다. 딸아이 입에서 "엄마가 내 엄마라서 참 좋다"라는 그 말을 듣기 위해 지금껏 살아온 양 남부럽지 않을 만큼 우쭐해진 심장의 박동을 느낄 수 있었다. 그리고 딸아이는 엄마를 보면서 경쟁심을 느낀다고 했다. 같은 간호학을 전공하며 적어도 엄마보다는 잘하고 싶다는 것이다. 병원 일도 하고, 작가의 삶도 살면서 친정에 가서 농사일도 도우며 시간을 알차게 쓰는 엄마가 자신이 생각해도 대단하다고 느낀다고 했다. 그런 말을 들으니 어느새 저렇게 커서 나에게 이런 말을 하는가 싶어 가슴이 뭉클하다. 내 딸들의 엄마라서, 내 딸들이 내 자식이라서 얼마나 다행인지 한참을 행복했다.

친정엄마가 내 엄마여서 다행이듯, 내 딸들의 엄마여서 나 역시 다행이다. 마트료시카 인형처럼 나는 엄마 안에서 태어났고, 그 엄마 품에서 자랐다. 엄마는 가장 바깥에서 나를 지켜주는 마트료시카 인형이나 다름없었다. 나는 그 속에 숨겨진 작은 인형이었다. 그리고 그 품 안에서 세상을 만났고, 나만의 껍질을 얻고 서서히 엄마로부터 분리되었다. 하지만 내 안에는 엄마를 빼닮은 엄마의 모습과 따뜻함이 차곡차곡 쌓여 있다. 닮은 모습으로 하나 된 인형들처럼 엄마와 나는 오랜 시간 겹겹이 포개져 하나의 사랑으로 연결된다. 엄마는 단 한 순간도 내 곁을 떠난 적 없었다. 마트료시카처럼 서로를 닮은 채, 서로를 한껏 품으며 살아가고 있다. 겹겹이 쌓인 사랑과 오랜 기다림의 껍질을 하나둘 열

때마다 그 중심엔 항상 엄마가 살고 있다. 매번 열 때마다 엄마를 똑 닮은 나의 사랑을 느낀다. 그리고 이제는 말할 수 있다.

"나는 당신이 내 엄마여서 참 다행입니다."

미처 몰랐어요, 당신에게도 꿈이 있었단 걸

왜 엄마는 꿈이 없는 사람처럼 보였을까? '엄마'라는 존재가 마치 꿈을 다 이룬 사람처럼 느껴졌다. 어린아이의 눈에 엄마는 뭐든 할 수 있는 '슈퍼우먼'으로 보였기 때문이다. 세월이 흘러 나는 두 딸의 엄마가 되었다. 내 분신과도 같은 이 두 아이를 내 목숨처럼 애지중지 지켰다. 나보다 더 나은 사람으로 길러내는 것만이 내 마지막 꿈인 것처럼 30대 청춘을 다 바쳤다. 정신없이 아이들이 중심이 된 삶을 살다 보니 어느덧 마흔이 훌쩍 넘어섰다. 아이들이 서서히 내 품을 벗어나기 시작할 무렵 나는 깨달았다. 여전히 나는 여자였고, 아직 살아 숨 쉬는 사람이었다. 뛰는 심장이 있기에 하고 싶고 되고 싶은 것들이 내 안에서 꿈틀대고 있었다.

"엄마는 뛰지 않는 심장을 가진 이가 아니라 뛰고 있지만 느끼지 못하는 삶을 살고 있었을 뿐이다."

일상에 지쳐서, 삶에 찌들어서 마음 편히 두 다리 쭉 뻗고 쉴 수 있는 자기만의 공간과 시간이 없었을 뿐이다. 혼자였을 때는 마음껏 누리던 시간과 공간이 엄마가 되면서부터 야금야금 갉아먹은 초승달처럼 줄어 들었다. 나도 친정엄마처럼 꿈이 없는 사람처럼 살고 있다는 사실에 꿈의 상실도 대물림 되는 것처럼 느껴졌다. 나는 내 아이의 눈에 그렇게 비치고 싶지 않았다. 내가 엄마를 바라보던 그 당연했던 시선으로 내 아이가 나를 꿈을 상실한 채 살아가는 좀비 같은 인간으로 볼까 봐 끔찍했다. 어딘가 나를 닮아가는 딸, 꿈도 없이 살아가는 나를 똑 닮은 딸을 상상하니 정신이 번쩍 들었다. 그래서 나는 뭐라도 해야 했다.

나이트 전담 간호사로 근무를 시작한 뒤로 책을 쓰는 작가의 삶도 시작되었지만, 농부의 삶도 함께 찾아왔다. 매달 14일 나이트 근무 외에 16일은 쉬는 날이니 자연스레 바쁜 농번기에는 일손을 거들게 되었다. 봄이 되어 포도나무에 싹이 돋고 가지가 뻗어 나가고 포도알이 영글어 가는 그 시기에는 할 일이 태산처럼 많다. 매년 4월에서 9월까지 내가 사는 대구와 상주를 오가며 샤인 머스캣 농사일을 거들고 있다. 올해도 어김없이 친정에 들러 포도를 수확하고 포장 작업을 하던 8월의 어느 날, 하루 일을 마치고 거실에 앉았을 때였다. 피곤할 법도 하건만, 주섬주섬 바구니에서 파란색 아크릴 실과 코바늘을 꺼내는 친정엄마를 보게 되었다. 온종일 찜통 같은 하우스 안에서 쉴 틈 없이 포도 포장 작업을 했던 터라 몸이 절로 방바닥에 들러붙었다. 그런데 엄마는 이 와중에 앉은 자리에서 수세미를 뚝딱뚝딱 만들어내는 것이었다.

"엄마, 안 쉬고 뭐 해요? 저 파란 실은 또 뭐라?"

"네 언니가 수세미 좀 떠달라고 실을 사서 보냈네. 가만히 앉아 있으면 뭘 해. 쉬엄쉬엄 수세미나 뜨고 있으면 되지."

"아이고 엄마, 이러다 병난다. 언제 이 많은 실로 수세미를 다 만들어. 그냥 주무셔~"

"이까짓 것 뭐라고. 금방 다 뜬다. 엄마가 젊었을 때 뜨개질을 얼마나 많이 했는데. 뜨개질 주문받아서 못 만든 게 없었다. 이걸로 돈도 벌었는데 수세미 이거야 식은 죽 먹기지."

"엄마가 뜨개질을 했다고? 왜 그런 재주를 다 숨겼어. 요즘은 이런 걸로 돈 버는 세상인데."

엄마가 뜨개질에 소질이 있다는 사실이 믿기지 않았다. 손놀림이 예사롭지 않아 보였지만, 왜 이 좋은 재주를 제대로 써먹지 못하고 있었을까 생각하니 속이 상했다. 나는 엄마에게 같은 패턴으로만 수세미를 뜨는 것을 보고 지겹지 않을까 싶어 꽃 모양의 수세미를 주문했다. 엄마는 도안도 없는데 어떻게 뜨냐고 했다. 나는 즉시 유튜브를 켜놓고 엄마에게 꽃 모양 수세미 만드는 영상을 보여드렸다. 엄마는 숨을 죽이고 두 눈을 화면에 고정시켰다. 한참을 유심히 보더니 알겠다는 듯 수세미를 뜨기 시작했다. 나는 믿기지 않았다.

"엄마, 진짜 동영상만 보고 뜰 줄알아? 순서 다 외웠어?"

"에이~ 그냥 눈대중으로 보면 알지."

엄마는 기억을 더듬어 한 코 한 코 뜨개질을 해나갔다. 옆에서 보고 있었지만 신기하기만 했다. 같이 영상을 본 나는 전혀 알아듣지도 못하겠고, 설령 동영상을 여러 번 돌려서 본다 해도 겨우 수세미 하나조차 만들어낼 수 있을지도 의문이다. 그렇게 엄마는 또 다른 모양의 꽃수세미를 완성해 냈다. 그때 서야 문득 엄마의 꿈이 궁금했다.

"엄마, 엄마도 꿈이 있었지? 뭐라도 하고 싶었을 거 아니야?"

"젊었을 때 미용이 배우고 싶었어. 그런데 그 당시에는 여자가 뭘 배우고 밖으로 나가 일하는 것을 꺼리던 때였어. 미용 기술 배우라고 돈을 대줄 형편도 안 됐고. 그래서 시작한 것이 뜨개질 작업이었어. 이불이고, 옷이고 안 떠 본 게 없어. 아기 옷을 주문받고 뜨개질해서 가져다주면 돈을 받았지. 그 당시에는 다 그렇게 먹고 살았어."

엄마의 말이 떨어지기가 무섭게 씁쓸했다. 시대를 잘 타고나는 것도 복인가 싶었다. 지금 생각해 보니 어릴 적 엄마는 겨울이 되면 뜨개질을 많이 하셨다. 뜨개질하는 엄마 곁에 앉아서 지금처럼 재잘재잘하며 누구 옷을 뜨는 거냐고 물었던 기억이 난다. 완성된 조끼를 입어보며 좋다고 웃던 그때가 기억 저편에서 다시 떠오른다.

'아, 맞아. 우리 엄마 뜨개질 정말 잘했는데, 그리고 우리 머리도 잘 라 주었었지.'

엄마는 주어진 환경에서 자신의 꿈이었던 일을 자신도 모르게 자식을 통해 대리만족했을지 모른다. 그때의 나는 엄마가 해주는 모든 것이 다 좋았고 그 감정을 감추지 않았었으니까. 폴짝폴짝 뛰면서 함박웃음을 지었던 나를 보며 엄마는 자신이 할 수 있는 일을 자식을 위해 아끼지 않았다.

나는 한때 꿈은 일회성이라 여겼다. 간호사가 되겠다는 꿈을 이루었고, 지금 그 길 위를 묵묵히 걸어가고 있다. 하지만 생계가 된 꿈은 더는 로망이 아니었다. 의무와 책임으로 바뀐 순간 꿈도 빛을 잃어갔다. 아이들이 자라 내 품을 조금씩 벗어나기 시작했을 무렵, 시간의 여유만큼 마음은 헛헛했다. 그때 깨달았다. 나는 여전히 무언가를 배우고 싶고 이루고 싶어 한다는 것을. 그렇게 새벽에 일어나기 시작했고, 책을 읽고, 필사를 했다. 나를 위해 시간을 내고, 나를 위한 공간을 만들었다. 혼자 있는 시간을 보내며 찾아낸 새로운 꿈이 바로 '작가'였다. 남들보다 먼저 일어나 다른 이의 글을 읽고 필사하며 백지 위에 내 문장을 세웠다. 지금껏 살아온 나를 글로 표현하는 일이 처음에는 어렵고 두려웠지만, 그 낯선 작업 속에서 살아 있는 나를 만났다. 꿈을 향해 나아가는 삶, 아직 내가 마침표를 찍지 못한 일이 있다는 그 사실이 얼마나 다행인지 심장이 터질 것만 같았다. 사람은 꿈을 잃으면 살아 있어도 죽은 것이나 다름없다. 살아있는 것은 윤기가 돌고 생기가 있건만 나는 숨만 쉬고 있을 뿐 그렇지 못했다.

엄마는 미용사라는 꿈이 있었지만 시대의 벽을 넘지 못하고 멈춰야 했던 것처럼 나도 간호사로 살다가 퇴직하면 끝인 줄 알았다. 하지만 꿈은 한 번으로 끝나지 않는다. 삶의 어느 단계에서든 꿈을 찾는 이들은 반드시 새로운 꿈을 만난다. 마흔에 찾아온 꿈은 막연히 바라던 꿈이 아닌 내가 스스로 찾아낸 꿈이었다. 내가 나를 위해 '가장 나답게 살아갈 수 있는 꿈'을 찾아냈다. 꿈이란, 내 마음과 몸이 가장 나다울 수 있는 곳을 찾아주는 것이다. 그러므로 우리는 모든 순간에 꿈을 찾는 노력을 멈추지 않아야 하며 견뎌야 한다. 시대가 나를 허락하지 않는 것 같아도, 환경이 나를 뒷받침하지 못한다고 해도 꿈은 현재진행형이어야 하는 이유다.

나무껍질처럼 거칠어진 엄마의 손을 마주할 때면 마음이 아려온다. '저 손으로 흙을 만지는 대신 미용가위를 쥐었다면 어떤 삶을 살았을까?' '엄마의 손에 뜨개바늘을 쥐고 있다면 어떻게 되었을까?' 가끔 생각한다. 마음에 품었던 꿈은 좌절되고 뜨개질하던 손재주는 여전히 일상 안에서 살아가고 있다. 꿈은 영원히 잠들지 않는다. 단지 미리부터 포기하고 좌절했기 때문에 꿈이 없다고 착각할 뿐이다. 남들이 다 꾸는 꿈 말고 진짜 자신을 위한 꿈을 꾸어야 한다. 남들이 부러워할 만한 꿈이 아니어도, 돈이 되지 않을지라도 내 심장을 다시 뛰게 만드는 꿈. 피곤해도 그것만 하면 시간 가는 줄 모르는 그런 꿈을 찾아 자신에게 선물해야 한다. 내가 이룬 꿈은 어쩌면 엄마의 못다 이룬 꿈일지 모른다. 나는 친정엄마의 못다 이룬 꿈을 생각하면 마음이 짠하다. 내 아이만큼은 꿈을 이뤄가는 모습의 엄마를 보며 살아가는 내내 꿈을 포기하지 않는 어른이 되었으면 한다. 꿈을 꾸는 한 꿈은 지속되며 반드시 이루어진다.

엄마도 그랬었구나, 나처럼

'엄마는 도대체 아무도 알아채지 못한 여자의 끝 계절을 어떻게 버틴 걸까?'

문득 이런 생각이 스칠 때면 울컥하는 마음에 눈시울이 뜨겁다. 엄마가 되지 않았다면 알지 못했을 또 다른 감정이다. 미안하고 감사한 마음은 누구에게서나 느낄 수 있는 감정이지만, 엄마를 떠올릴 때는 확연히 다른 감정임을 깨닫는다. 오래전부터 빚진 듯한, 무엇으로도 다 갚을 수 없을 것 같은 이 애틋한 감정 앞에만 서면 나는 하루에도 수없이 부족한 딸이 되고 만다.

삶은 왜 이리 고되기만 한지 실컷 잠을 자고 싶지만, 현실은 그렇게 내버려두지 않는다. 살림살이가 살만하다 싶으면 다시 꼬꾸라지기 일쑤고, 이제 더는 바닥일 리 없다 싶으면 바닥 밑에 더 깊은 지하가 있다는 듯 또 다른 시련이 찾아온다. 혼자일 때는 나 하나만 건사하면 끝이었지만, 가정을 이루고 아이를 키우면서 내 몸조차 돌보기 버거울 때도 있었다. 그 모질다면 모진 시간의 터널을 지나 마흔 중반이 되었다. 큰딸은 대학에 입학했고, 작은 딸아이는 고등학교 1학년이 되었다. 잔손가는 일이 줄고 조금 살만하다 싶을 때 예상치 못한 갱년기가 찾아왔다. 준비 없이 마주한 갱년기의 지옥은 나의 통제권 밖에 있었다.

"엄마, 엄마 나 좀 살려줘. 나 이상해, 마음도 몸도 다 이상해. 내가 아닌 것 같아. 이러다 정말 죽을 것만 같아. 나 어떻게 해. 엄마 나 좀 살려줘."

엄마밖에 없었다. 마음의 목소리를 거침없이 쏟아낼 수 있는 단 한 사람, 내겐 엄마뿐이었다. 무턱대고 제멋대로 뛰는 심장과 흔들리는 마음을 어찌할 바 몰라 나는 참다못해 엄마에게 전화를 걸었다. 내 말이 채 끝나기가 무섭게 엄마의 목소리가 일순간 바뀌는 것이 느껴졌다.

"무슨 일이야? 응? 어디가 어떻게 안 좋은 거야? 병원은 가 봤어? 현주야, 진정해. 운다고 좋아지는 게 아니야. 네 마음 단도리 못 하면 더 힘들다. 언니한테 전화해서 가보라 할 테니 울지 말고 침착해라. 잘 견뎌야 해. 딴생각하지 말고, 응?"

자식을 잃을까 두려운 엄마의 목소리였다. 심하게 떨렸고, 불안한 마음은 애써 침착한 목소리에 고스란히 묻어 있었다. 얼마 지나지 않아 근처 아파트에 사는 언니와 형부가 집으로 찾아왔다. 언니는 오자마자 내 손을 잡고 병원으로 데려갔다. 저녁 시간이라 응급실로 가는 것이 최선이었지만, 그나마 다행인 것은 진정제를 맞고 조금 나아졌다는 사실이었다. 문득 걱정하고 있을 엄마가 생각났다. 주체할 수 없는 심장의 두근거림과 감정의 휘둘림 때문에 전화를 걸었지만, 엄마에게 걱정하나를 더 보탠 꼴이 되었다. 그 후로도 알 수 없는 두통과 손 다리의 감각이상, 감정의 출렁임이 반복되어 나타날 때마다 병원을 찾아 혈액검사와 뇌 CT 촬영까지 해야 했다. 검사 소견상 이상은 없다고 했지만, 나는 이상 반응을 오롯이 혼자 감당해야 했다. 살아있는 것이 괴로울 만큼 오롯이 혼자 싸워야 하는 고독한 전투였다.

바쁘게 살다 보니, 매달 하던 생리를 잊고 있었다. 처음 한두 달은 '왜 안 나오지. 내가 많이 피곤했었나.' 싶었는데 그것도 익숙해지다 보니 편하게 느껴졌다. 갱년기에 접어들었다는 신호를 무시한 채 더는 나 자신에게 생리 여부를 묻지 않게 되었다. 무방비 상태로 나 자신을 방치했던 그 변화는 일순간 나를 덮쳤다. 심장이 터질 것 같고, 감정을 주체할 수 없어 도저히 혼자서 감당이 되지 않는 상황이 되어서야 비로소 '혹시, 나 폐경된 거 아닐까?' 하는 생각이 스쳤다. 부랴부랴 전 직장이었던 여성병원으로 갔다. 그리고 혈액검사를 통해 완경 사실을 알게 되었다. 여자라면 누구나 완경의 때는 찾아온다. 머리로는 이해했지만, 마음은 준비가 되지 않았다. '너무 이른 거 아니야?'라는 생각이 자꾸만 몸의 신호를 거부하는 것만 같았다. 곰곰이 생각해 보니, 먹는 양이 그리 많지 않아도 조금씩 체중이 늘었다. 아무리 노력해도 전에 비해 쉽게 체중이 줄지 않았다. 나이 먹어서 그러려니 생각했는데 원인을 알게 되니 지금까지의 모든 상황이 이해되었다.

지금의 내 나이였을 때 엄마의 모습을 기억해 냈다. 남들보다 일찍 찾아온 갱년기의 무게를 견뎌내며 '엄마도 나와 같은 길을 지나왔겠구나.' 싶었다. 알고 보니 엄마도 나이 오십 전에 완경이 되었다고 한다. 갱년기라는 말이 무색했을 그 시절, 엄마는 영문도 모른 채 갱년기 혼란과 불안을 견뎌낸 것이다. 갱년기에는 에스트로겐이 줄어들면서 혈관의 수축과 이완이 불규칙해져 두통이 잘 생긴다. 게다가 숙면을 잘 취하기도 어려우니 머리가 맑은 날이 많지 않다. 이 사실 역시 내가 갱년기가 되니 명확히 인지하게 되었다. 이론과 실전은 다르다. 머리로 아는 것과 몸으로 겪는 것은 천지 차이다.

내 기억 속에 엄마는 머리가 아프다며 두통약을 자주 찾았었다. 일하다 말고 집에 들어와 진통제 한 알을 먹고 방 안에 잠시 누워 계셨다. 두통이 좀 괜찮아지면 다시 농사일하기 바빴다. 그때는 이해하지 못했다. 왜 그렇게 자주 머리가 아프다고 하는지, 왜 자주 짜증을 내는지 말이다. 지금은 알 것 같다. 아니 이해한다. 엄마도 나처럼 몸이 변하고 있었고, 말할 수 없는 불안과 두려움을 홀로 견뎌내고 있었던 모든 순간을. 친정엄마를 붙들고 이렇다 저렇다 하소연할 수 없는 바쁜 일상이 힘든 갱년기를 눌려 버린 것이다. 그 시절의 엄마 생각을 하니, 가슴이 먹먹해지고 눈물이 나도 모르게 눈가를 적셨다. ‘엄마도 나처럼 몸은 힘들고 마음은 버거웠을 텐데 어떻게 버텼을까?’ 몸이 안 좋다며 짓던 표정과 말투, 그 시절 자잘한 짜증까지 이해가 되고 죄송한 마음이 들었다. 그리고 제때 엄마의 상태를 몰라줬던 내가 원망스러웠다. 갱년기가 찾아오니 이제야 엄마의 불안과 공허함을 이해하게 된다. 나처럼 몸과 마음이 하루에도 수십 번 흔들리고 출렁거렸을 게 분명한데 제대로 티한 번 내지 않고 우리 네 남매를 다 키워냈다. 생각할수록 억장이 무너진다. 나는 죽었다 다시 깨어나도 엄마처럼 살아내지 못할 것이다.

마흔의 갱년기는 불편하고 때로는 두렵다. 억누를 수 없는 감정의 기복을 견뎌야 하고, 육체는 이전과 다른 모습으로 변해간다. 그러나 나는 안다. 나를 바로 세워 새로운 인생을 살기 위한 몸부림이라는 사실을. 갱년기를 인정한 후로 지금까지의 루틴을 지키려고 노력 중이다. 여전히 새벽 기상을 지키고 있고 밤 근무를 하면서도 기존의 생활 리듬을 깨지 않으려 애쓴다. 몸이 힘들긴 하지만 마음 무너지는 것이 더 힘들 것만 같아서다. 루틴이 있기에 매일 몸을 움직여 달성하는 작은 성취감이 갱년기의 불편함 속에서도 자신감을 잃지 않게 한다. 이제는 엄마의 그 많은 영양제도 이해가 된다. 몸과 마음이 보내는 신호를 무시하지 않고 받아들이려는 나름의 갱년기 극복법임을 안다. 마흔이 제2의 인생을 시작하려는 움직임이라면 갱년기는 내 몸에 찾아온 제2의 성장통이었다. 야속하고 억울하게 느끼기엔 배워가는 것들이 더 많은 아름다운 인생 계절이 찾아왔을 뿐이다. 엄마에게 그리고 나에게도. 엄마가 지나온 계절을 나도 만났을 뿐, 이 거룩한 대전환기를 기꺼이 끌어안고 살아갈 이유는 충분하다. 갱년기는 줄탁동시(啐啄同時)의 시간이다!! 병아리는 안에서 쪼고 어미 닭은 동시에 밖에서 쪼아야 알을 깨고 새로운 생명이 나오듯 갱년기는 육체와 정신이 안팎으로 변화를 맞이하는 시간이었다.

엄마와 함께 나이 들어갑니다

함께 나이 들어간다는 것은 서로의 생을 지켜보는 관찰자가 된다는 뜻이다. 엄마의 딸로 태어난 그 순간부터 우리는 서로의 인생을 체험하며 가족 그 이상의 *끈끈함*을 쌓아간다. 엄마는 무방비 상태의 나를 지켜주는 유일한 믿을 구석, '절대적 존재'였다. 그러나 나이가 들어갈수록 엄마도 '여성'이었단 사실과 '사람'임을 깨닫는다. 무심코 바라보던 엄마의 얼굴에서 깊어진 주름을 발견하게 되고 눈에 띄게 늘어난 흰머리가 짠하게 느껴지는 순간이 찾아온다. 걸음은 예전에 비해 많이 느려졌고, 다 큰 어른이 된 자식 걱정에 여전히 같은 말을 반복하신다. 삶이란 같은 공간에서 함께 존재하면서도 서로를 잘 알면서도 이해할 수 없는 시간의 강을 공유하는 일이다.

이해는 머리가 아닌 마음의 움직임이었다. '엄마는 말을 왜 그렇게 하셨을까?' '왜 저렇게 행동하시지?' 하는 의문들이 하나둘 마음으로 이해되기 시작한다. 나이가 들어갈수록 엄마와 나 사이에 겹쳐지는 삶의 무게를 가늠하며 답을 찾아가고 있다.

엄마는 가끔 나에게 전화해 인터넷으로 물건을 주문해달라고 말하신다. 그러면 나는 엄마가 원하는 물건을 인터넷에서 검색해 제일 합리적인 가격으로 주문한다. 그리 큰돈도 아니라 안 주셔도 괜찮다고 말하지만 기어코 그 가격보다 더 되돌려 주시는 분이 친정엄마다. 어느 날, 사촌 여동생이 결혼한다며 청첩장을 보내왔다. 결혼식 한 달 전의 일이었다. 마침 친정에 가서 일손을 거들던 때라 엄마 곁에 내가 있었다. 엄마는 나를 방으로 들어오라 하시더니 옷장 문을 열었다. 그리고 양손에 옷을 하나씩 들고 번갈아 보여주며 내게 물으셨다.

"현주야, 이 옷을 입는 게 나을까, 아니면 저 옷을 입는 게 나을까?"

그리 많지 않은 옷들 앞에서 어떤 옷을 입을지 고민하고 망설이는 모습을 보니 마음이 아렸다. 더는 옷을 걸어 둘 곳이 없을 만큼 빽빽한 내 옷장에 비하면 엄마의 옷장은 텅 비어 있는 것이나 다름없었기 때문이다. 엄마가 보여준 옷은 결혼식에 입고 가기엔 그저 그런 옷들이었다. 구입한 지 오래되어서 새것처럼 보일지 몰라도 어딘가 어색했고, 계절에 맞지도 않았다. '그리 옷이 없나?' 싶어 옷장을 뒤적여 봤지만 결혼식에 입고 갈만한 옷이 없었다. 엄마는 모기 같은 작은 목소리로 혼잣말을 하셨다.

"한 번 입고 말 결혼식인데 있는 옷 입으면 안 될까."

그 말에 괜히 화가 나서 엄마에게 이런 옷들은 다 버리고 그냥 새 옷을 사 입자고 말했다. 엄마의 옷은 본인 스스로 산 것들이 아닌 것들이 대부분이다. 언니, 여동생 그리고 내가 번갈아 가며 사드린 옷들이다. 그리 비싼 옷도 아닌데 금으로 만든 옷처럼 애지중지 입으신다. 그날도 그랬다.

"이 옷은 옥이가 서울서 사 보낸 옷인데."

엄마에겐 버릴 옷이 하나도 없다. 인터넷으로 옷을 사드리려고 해도 화면만으로는 물건의 질을 가늠하기 어렵고 설령 마음에 드는 옷이라 해도 실제로 잘 어울릴지도 확신이 없었다. 키가 워낙 작으신 분이라 감도 오지 않았다. 가만히 생각하니 옷을 사 드린 지도 오래였다. 내킨 김에 엄마를 모시고 남동생과 나는 여성 의류 매장으로 갔다. 나는 엄마에게 어울릴만한 옷들을 골라 들려드리며 입어보라고 재촉했다. 엄마는 브랜드 매장에서 이 옷, 저 옷을 마음껏 입어본 경험이 거의 없으셨는지 어색함이 역력했다.

"엄마, 부담 없이 입어도 돼요. 옷은 그냥 봐서는 몰라. 괜찮으니까 가격 걱정 말고 입어봐요."

역시 옷은 직접 입어봐야 한다. 어떤 색깔의 옷이, 어떤 디자인이 자신에게 잘 어울리는지 전신 거울 앞에 서 보기 전에는 제대로 알 수 없다. 여러 종류의 옷을 입어보면서도 엄마는 연신 나에게 어떤 옷이 더 잘 어울리냐고 물으셨다. 나는 엄마 마음에 드는 옷이 최고라고 말해도 같은 질문을 옷을 갈아 입을 때마다 확인하듯이 물으셨다. 어릴 때 내가 엄마에게 어떤 옷이 더 예쁘냐고 졸라대듯 물었었는데 이제는 친정 엄마가 내게 묻고 또 물으며 동의를 구한다. 옷에 대한 고민이라기보다 나이 든 자신을 어떻게 해야 조금 더 돋보일 수 있을지 확신이 없는 눈치다. 남들의 이목을 고려해 화려한 옷보다 차분한 옷을 고르신다. 조금은 화사해도 좋을텐데 혹시 튈까 봐 조심스러운 눈치다. 그러고 보니 나 역시 점점 더 단순해져 간다. 예전에는 하늘하늘한 여성스러운 디자인을 즐겨 입었는데 남들 눈에 띌까 싶어서 무채색의 옷을 더 자주 고르고 입게 된다. 어느새 엄마와 나는 세월을 함께 건너가고 있었다. 우여곡절 끝에 원피스와 재킷 한 벌씩, 그리고 안에 입을 티를 사서 나왔다. 그리 큰돈 아니니 그냥 잘 입으면 된다고 말씀드렸지만, 기어코 이번에도 돈을 통장으로 입금하셨다.

"살림 살면서 일하느라 고생하는 네 돈을 그냥 써서 되겠어. 그냥 받아 둬."

나는 또 그 말에 가슴이 먹먹해져 온다. 딸이 알콩달콩 잘 살기만을 바라는 친정엄마의 마음을 내가 모를 리 없다. 그런 엄마의 마음을 잘 알면서도 나는 가장 힘들고 엉망진창일 때 제일 먼저 친정엄마를 찾는다. 내가 쏟아내는 말들이 엄마의 명치끝을 누르고 찌르고 가르는 날카로운 칼날이 될 줄 뻔히 알면서도 엄마 앞에선 여전히 철들지 않은 딸로 돌아간다. 내게 벌어지는 모든 일들을 허물로 보지 않는 유일한 단 한 사람이 바로 나의 엄마니까.

거울을 보면 희끗희끗 올라온 새치가 여간 신경 쓰이는 것이 아니다. 예전에는 듬성듬성 한두 개 보이던 새치가 요즘 들어 눈에 띄게 늘어서 이제는 새치 염색을 해야 할 정도가 되었다. 없던 자리에 새치가 늘어갈수록 '이제 나도 나이 먹는구나' 싶다. 거울 앞에서 머리카락을 이리저리 뒤적이며 문득 엄마의 머리를 만져주던 날이 생각이 났다. 내가 엄마를 자주 찾아뵙지 못하는 사이 엄마의 머리숱이 부쩍 많이 줄어 있었다. 푸석해진 머릿결과 줄어든 머리숱을 오랜만에 만져보는 그 순간 눈물이 왈칵 쏟아질 뻔했다. 젊었을 때 엄마는 머리숱이 많아 파마를 하면 빼곡한 브로콜리 모양을 하고 있었다. 검은 머리에 윤기가 좌르르 흘러서 그냥 봐도 건강한 머리카락이었는데 겉으로 드러난 엄마의 모든 것은 세월을 비켜 가지 못했다. 만지면 머리카락이 부서질 것만 같아서 조심조심 드라이하고 고데기로 웨이브를 넣었다. 최선을 다해 머리를 만졌지만 힘이 없는 머리카락은 웨이브를 넣어도 금방 늘어졌다. 그래도 엄마는 자신에 머리를 만져주는 딸의 손길을 좋은 모양이다. 머리모양에는 신경쓰지 않고 내가 힘들까 봐 걱정하셨다.

"나이 들어서 머리 만지기 힘들지? 이 정도면 됐어. 지금도 충분히 괜찮네."

만족스러운 웃음을 짓고는 자리를 뜨신다. 엄마의 뒷모습을 보니 왠지 쓸쓸해 보이고 그동안 바쁘다고 무심했던 나를 생각하니 죄책감이 들었다. 일이 뭐라고 마음만 먹으면 올 수 있는 친정을 피곤하다고, 다음 날 출근해야 한다는 부담감에 미루면서 한 살이라도 젊었을 때의 엄마 모습을 놓치고 말았다. 결혼 전에 부지런히 부모님을 찾아뵙지 못한 것을 후회했다. 결혼 후 아이가 생기고 직장 생활을 병행하니 더 시간을 낼 수 없었다. 당장 눈앞에 닥친 일들을 처리하느라 내 몸 하나 건사하기도 벅찼다. '다음에 뵈러 가야지'라는 핑계를 대는 사이 엄마는 나보다 더 빠른 속도로 늙어 있었다.

직장을 옮겨 나이트 전담 간호사로 일하게 되면서 시간적 여유가 생겼다. 한 달의 반은 근무를 하고 나머지 절반은 쉰다. 이틀 일하고 이삼일은 쉬고, 다시 이틀 일하고 이삼일 쉬는 형태가 반복되는 근무다. 그 덕분에 이렇게 글도 멈추지 않고 쓸 수 있다. 또한 아이들은 내가 밥을 차려주지 않아도 알아서 한 끼 식사 정도는 알아서 챙겨 먹을 줄 안다. 절대 오지 않을 것만 같던 날이 내게도 찾아왔다. 그 시간을 나는 내가 사는 곳과 친정집을 오가며 수시로 엄마, 아빠의 얼굴을 본다. 자주 찾아뵈니 나이 드는 속도가 느려진 것처럼 느껴진다. 한참 뒤에 찾아와 뵈니 부모님이 그사이 많이 늙었다는 생각이 든 것이다. 자주 뵈니 엄마의 일상 패턴이 보이고 삶을 이해하게 된다. 이제야 나는 엄마와 함께 나이 들어가는 삶을 살고 있는 듯하다. 서로의 나이 듦을 눈치채지 못할 만큼의 거리에서 서로의 삶을 지켜봐 주며 뜨겁게 응원하는 아름다운 동행이다.

어릴 적 할머니의 임종을 지킬 때 "할머니"라고 부르면서 운다고 정작 할머니께 하고 싶었던 말을 못 했다. 울음이 하고 싶은 말을 삼켜버렸다. 친정집에 오면 할머니의 사진이 벽에 걸려있다. 나는 할머니의 사진을 보며 나직이 말한다.

"할머니, 내가 힘들 때 나 안아줘서 고마웠어. 내 곁에 있어서 나 행복했어. 그러니까 마음 편히 눈감아요. 사랑해, 할머니."

나는 엄마의 마지막 순간이 오더라도 눈물 대신 엄마와 한 번 더 눈을 맞추고 싶다. 그리고 엄마의 귀에 대고 내 엄마로 와줘서 감사했다고 말할 것이다. 엄마가 나를 기억하는 마지막 모습이 눈물범벅이 되어 우는 슬픈 모습이고 싶지 않다. 흐르는 눈물을 어찌하지 못하더라도 나는 엄마가 내가 들려주는 그 말들로 편히 눈을 감을 수 있다면 좋겠다. 아직 완성되지 않은 말들을 생각하며 엄마를 바라본다. 엄마와 함께 나이 들어간다는 것은 엄마의 생을 닮아가는 나 자신을 발견하는 것인 동시에 서로의 역할이 조금씩 바뀐다는 것이다. 엄마가 나를 지켜줬던 것처럼 이제는 내가 엄마를 지켜야 할 절대적 존재가 되었다는 의미이기도 하다. 엄마와 나, 언젠가 닿게 될 인생의 피날레를 향해 서로를 의지하며 오늘도 나란히 걷는다.

딸은 엄마를 닮아간다

엄마는 자녀에게 살아있는 교과서이다. 엄마의 삶은 긍정적이든 부정적이든 오랜 시간 각인되어 아이의 삶에 영향을 미친다. 엄마의 말투와 행동뿐만 아니라 자기 자신을 대하는 태도까지 닮게 된다. 엄마 스스로가 자신을 어떻게 대하는지가 결국 내 아이의 자기 사랑법을 반영한다. 친정엄마는 희생이 미덕인 양 살아오신 분이다. 오롯이 가족을 위한 삶을 사셨다. 덕분에 지금의 내가 존재하지만, 문득 엄마의 말투와 움직임에서 나와 닮은 모습을 발견하게 될 때면 모전여전(母傳女傳)이라는 말을 실감케 한다. 엄마를 보며 '내가 이런 모습이라고?'라며 의식하지 못했던 나쁜 습관에 부끄러울 때도 있고, '내가 엄마를 닮은 거였어.'라며 어깨에 잔뜩 힘이 들어가도 좋은 습관 앞에서는 의기양양하기도 했다. 이렇듯 엄마 스스로는 자기 자신을 돌보는 모습을 통해 자녀에게 자기애의 좋은 본보기가 된다. 만약 엄마가 자기 자신을 하찮은 사람으로 대한다거나 자기 돌봄의 우선 수위를 뒤로 미룬다면 자녀는 반드시 은연중에 자신을 뒷전으로 미루는 삶을 선택하게 될 가능성이 크다. 오래된 믿음은 한 세대에서 끝나는 것이 아니라 다음 세대로까지 대물림 된다.

아이를 위한다는 이유로 자신을 뒤로 미루는 습관은 왜곡된 엄마 이미지를 심어주는 것과 다름없다. '나는 언제든 뒷전이어도 괜찮은 사람이다'라는 잘못된 메시지가 아이의 마음속에 남는다. 엄마의 희생이 반드시 자기 상실로 이어질 필요는 없다. 엄마 자신을 먼저 사랑하는 모습을 보여 줄 때 내 아이도 어디서든 존중받는 삶을 살게 된다.

직장과 집을 오가며 바쁘게 살다 보면 미용실에 가는 일조차 미루기 일쑤다. 그날은 미루고 미루다 도저히 이 상태로는 꼴이 말이 아닌 것 같아 단골이었던 미용실을 서둘러 찾게 되었다. A 미용실은 오랜 단골이기도 하면서 예약제로 운영이 되기 때문에, 3시간 정도는 오롯이 나를 위해 신경을 써 줘서 좋다. 느긋하게 주거니 받거니 그동안 있었던 일을 이야기하며 안부를 확인한다.

"뭐가 그리 바쁜지 미용실에 오려면 힘이 들어요. 벼르고 벼르다 도저히 감당이 불감당이라 마음먹고 왔어요!"

"맞아요. 현주씨는 특히나 병원에 있어서 더 바쁘지요. 그래도 직장을 다니면서 돈을 버니까 마음이 내키면 언제든 미용실에 와서 주기적으로 손질을 할 수 있지만, 그렇지 못한 엄마들도 많아요. 얼마 전 한 고객분이 어린 딸이랑 함께 미용실에 왔는데 자기 머리는 하지 않고 애 머리만 하고 갔어요. 솔직히 저는 그래요. 아이 머리카락은 굳이 펌을 안 해도 그 자체로 커트만 해줘도 예쁘거든요. 굳이 십만 원이 훌쩍 넘는 돈을 들여가며 아이 머리를 해줘야 하는 이유를 모르겠어요. 같이 와서 엄마도 하고 아이도 하면 제일 좋은데, 엄마 머리는 다 상해가지고 정리되지 않은 상태를 하고는 아이 머리를 해달라고 하니까 마음이 짠하더라고요. 엄마 마음이야 우리 아이가 돋보이고 예뻐 보이면 좋겠지요. 그래도 제 개인적인 생각으로는 그럴 때일수록 엄마 자신을 더 챙겨야 한다고 생각해요. 요즘 아이들도 조금 더 젊어 보이는 엄마, 예쁜 엄마를 좋아한다니까요."

엄마가 그렇다. 자식 앞에서는 늘 후순위다. '에잇, 나중에 하지'라는 생각에 시급한 자신을 뒤로 미루고 자녀 먼저 돌보고 가꾼다. 정작 자신이 어떤 모습으로 살고 있고, 어떻게 비치는지조차 인지하지 못한다. 원장의 말을 들으며 생각했다. 나 역시 미용실에 와서 머리를 맡기고 있지만, '조금만, 조금만 더' 개기다가 온 것이다. 애들 챙기랴, 직장 다니랴, 그다지 큰 일이 있었던 것도 아닌데 수습할 수 없다 싶으니 만사 제쳐 두고 달려온 것이다. 미용실을 다녀온 날은 기분이 좋다. 바뀐 헤어스타일 하나로 이미지가 달라 보이는 내 모습을 확인할 때면 진작에 미용실을 찾지 않은 나 자신이 한심하기까지 하다. 여자라면 누구나 헤어스타일의 기적을 알 것이다. 그런데 엄마라는 이유로 자녀에게 너무 지나친 호의를 베풀고 있는 것은 아닌가 생각하게 된다. 원장이 말한 그 엄마의 모습은 어쩌면 나의 또 다른 모습일지도 모른다. 사실, 나 역시 딸아이에게 좋은 것을 주고 싶은 마음에 조금 더 질 좋은 옷과 화장품을 사주곤 한다. 내가 갖지 못하는 향수를 선물하고, 내가 써 본 적 없는 브랜드의 화장품을 사주기도 한다. 그런데 아이러니한 것은 그렇게 하면서도 내 마음이 뿌듯하다는 것이다. 일을 해서 번 돈으로 무언가를 자녀를 위해 해줄 수 있다는 사실이 좋았다. 그러는 사이 나는 점점 더 자신에게 투자하는 돈은 줄여왔다. 게다가 지금은 나이트 전담 간호사로 일하다 보니 더더욱 옷도, 가방도, 화장도 덜 신경 쓰게 되었다. 쉬는 날도 외출하기보다 글을 쓰느라 집에 머무는 시간이 많다 보니 최소한의 행색만 갖추고 산다. 그래도 나는 딸아이들 앞에서 푹 퍼져 있지 않으려 노력한다. 쉬는 날도 씻고, 옷은 언제든 밖에 나가도 좋을 정도의 깔끔함을 유지하려 애쓴다. 그러면 딸이 묻는다. 그리고 나는 답한다.

"엄마, 오늘 어디 나가?"
"아니, 그냥! 집에서 어떻게 있어야 하는 건데? 내가 대접받고 싶은 대로 자신을 챙기며 살아야지. 아무도 보지 않는다고 느슨하게 있으면 삶도 늘어진 고무줄처럼 살게 된다."

친정엄마는 나에게 이런 말들을 해주시지 않았다. 나는 보이는 대로 엄마의 삶을 내 기억 속에 그대로 저장했다. 논과 밭을 누비며 농사짓느라 늘 편한 일복을 입고 있었고, 머리는 언제나 뽀글뽀글 절대 풀리면 안 된다는 듯 브로콜리 머리를 고수하셨다. 집 안에 머무는 시간보다 밖에 나가 있는 시간이 훨씬 더 많은 관계로 집안일은 늘 동생과 나의 몫이었다. 엄마는 자식을 위해 동이 틀 때부터 해가 질 때까지 일을 하셨고 그것이 바로 부모가 자식을 건사해야 한다는 책임이라는 것을 몸으로 보여 주었다. 그 희생의 결과가 '나'인 것만 같았다. 한편으로는 '나는 엄마처럼 살지 않겠다!'라고 다짐했다. 엄마의 모습을 볼 때마다 날카로운 바늘이 가슴을 콕콕 찌르는 것만 같았다. '나 때문에 엄마가 저렇게 사는구나!' 싶어서 죄책감이 그림자처럼 따라다녔다. 돈을 벌어도 자신을 위해 제대로 써 보지도 못하고 일만 하다가 이 세상 뜨면 얼마나 억울할까 싶었다.

그럼에도 엄마가 늘 일복을 입고 다니는 모습을 보며 나도 그렇게 살아야 한다는 법은 없다, 오히려 여자는 집에 있더라도 늘어져 있으면 안 된다는 것을 배웠다. 1남 3녀인 집안에서 한때 대학 등록금이 한 해에 3명이나 겹쳐 내야 했던 때가 있었다. 그때도 엄마는 한 번도 늦지 않고 꼬박꼬박 제때 등록금을 마련해 주셨다. 지금 생각하면 그 일은 그때 당시에는 대수롭지 않게 여겼고 신경 쓴 적 없는 일이었지만, 등록금 걱정 없이 대학을 졸업할 수 있도록 부모님이 뒤에서 든든히 책임을 다해주신 덕분이었다. 엄마를 보며 '이러지 말아야지'하는 부분은 고쳐 살아보려 노력하고 '이런 면은 지키고 싶다'하는 부분은 최대한 삶에 적용하면서 살아가고자 부단히 애쓴다. 부모님의 삶을 조금 더 긍정적으로 해석해 자기 삶에 녹여내는 것도 나쁘지 않다. 엄마를 닮은 나는 엄마의 결핍과 충분을 가장 알맞게 섞어 내 삶에 적용하며 살아간다. 그런데도 지금껏 내 부모님은 허리가 아파도, 무릎 관절이 다 닳아 없어질 때까지도 한결같다. 여전히 나는 그러한 부모님을 뵐 때마다 가슴이 쓸리듯 아프다. 그러나 동시에 나는 내게 '강한 책임감'을 물려주신 부모님께 늘 감사하고 있다. 부모님 덕분에 나는 가정을 지키고, 내 아이를 돌볼 수 있었다. 지금까지 내 가족 옆에서 아내로, 엄마로, 직장인으로 살아올 수 있었다. 억척스럽다고만 느낀 엄마의 모습은 내가 엄마로 살아가는 동안 가장 어렵고 힘든 순간마다 불쑥 나타나 삶을 지탱하는 거대한 에너지장이 되었다. 그러면 거짓말처럼 위기와 상실의 아픔이 사라지고 아물곤 했다. 엄마가 내게 보여 준 그 모습은 내 삶의 태도가 되었고 나를 비추는 거울이 되었다.

당신은 자녀가 어떤 모습으로 살아가길 바라는가? 그리고 자녀의 눈에 비친 엄마의 모습이 어떤 모습인지 생각해 본 적이 있는가? '나는 엄마처럼 절대 안 살아'라고 말했던 마음속 다짐이 자신의 현실이 되어 있지 않은가? 사람은 본 대로 익히고 배운 대로 살아간다. 오랜 시간 엄마를 보며 익힌 생활 습관이나 말투, 행동은 은연중에 겉으로 드러나기 마련이다. 당신의 자녀는 일거수일투족을 매일 지켜보고 있다. 그것도 가장 가까이에서 여과 없이 받아들인다. 배출할 때 어떤 식으로 내보느냐는 오롯이 자녀의 몫이 된다. 나는 엄마의 삶에서 힘들었던 부분은 '나는 다르게 살아야겠다!'라는 배움으로, 좋은 부분은 '나도 엄마처럼 저렇게 살아야겠다!'라는 다짐으로 받아들인다. 그 자체가 부모님의 삶을 대하는 긍정적인 닮음이라 생각한다. 내 삶 속에서 더 나은 모습으로 이어가려는 노력이야말로 참다운 진짜 닮음이다. 그럼에도 나는 생각한다. 내가 엄마라면 절대 엄마처럼 살지 못할 것 같다고. 딸이 착각하는 것이 하나 있다. "엄마는 그거 안 좋아하잖아." 아니, 나도 좋아한다. 다만 그 좋아하는 것을 참고 딸에게 먼저 준다. 나는 엄마니까. 그러나 나는 나를 포기하지 않는다. 아낌없이 주면서도 나를 지켜가는 법을 이제는 알기 때문이다.

엄마라서 오늘도 글을 쓴다

"엄마라서 오늘도 글을 씁니다. '엄마'라는 이름으로 쓰는 글은 고스란히 내 아이에게 남겨질 삶의 기록이기 때문입니다."

아이가 없었다면 나는 철들지 않는 어른이 되었을지도 모른다. 내 세상에 귀한 손님으로 찾아온 두 딸이 때로는 버겁고 힘들었지만, 이 아이들 덕분에 나는 진짜 어른으로 성장할 수 있었다. '엄마'라는 명함에 먹칠하지 않기 위해 나를 더 갈고 닦을 수 있었던 것도 이 아이들 덕분이었다. 살면서 얼마나 많은 위기와 고통이 수반된 날들이 있었겠는가. 모든 것을 내려놓고 싶은 순간 고개만 살짝 돌려도 나 하나 믿고 세상에 온 두 딸이 먼저 눈에 들어온다. 천금을 준다 해도 바꿀 수 없는 내가 낳은 딸들이 걱정 하나 없는 해맑은 얼굴로 "엄마"라고 부르며 두 팔을 흔든다. '내가 저 예쁜 것들을 두고 어떻게 죽어. 그래도 살아야지.'라고 생각했다. 내게 살아갈 이유가 '자식'이었다. 엄마도 그랬을까? 평생을 소처럼 일하며 살아낸 이유가 '아들 하나 딸 셋'이라는 영예로운 훈장 때문이었을까. 나는 그 훈장에 부합하는 삶을 살아가고 있는 것일까? 스스로에게 되묻지 않을 수 없었다. 내 삶을 잘 살아내는 것도 중요하지만, 나를 있게 한 부모님의 삶에 누가 되지 않도록 옥에 티는 만들지 않아야겠다. 부모님께서 지어 주신 이름에 부합되는 나로 사는 삶을 사는 것도 효도다. 나의 출생과 존재를 인정하며 이름값 하는 밀도 있는 나다운 삶을 살 기회가 내게도 찾아왔다.

엄마가 된 이상 양육의 끝은 없었다. 양육이란 이름 아래 엄마의 시간은 대부분 아이를 위해 쓰게 된다. 밥을 먹이고, 씻기고, 잠을 재우는 소소한 일상에서도 늘 아이의 미래를 걱정하며 나를 희생하고 그 희생의 공간에 아이를 두고 산다. 나는 없고 아이가 주인이 된 엄마의 시간은 금세 지치고 우울하다. 곁에서 놀고 있는 아이를 두고도 공허감을 느끼고, 뻥 뚫린 공간의 헛헛함은 어느새 억울함과 자기 비하로 이어진다. '내가 왜 사나' 싶고 '이렇게 살려고 결혼했나?' 하는 생각이 남편에 대한 원망으로 이어지기도 한다. 이런 상태에서 양육이 올바르게 될 리도 없고, 엄마의 자존감은 점점 더 바닥으로 닿는다. 아이가 커가는 것을 보면 나름 행복한 시간이었다. 직장 일을 하면서 두 아이를 키운다는 것은 엄청난 체력 소모와 강인한 의지가 아니면 견뎌내기 힘들다.

직장과 가정 사이에서 수없이 갈등하며 선택과 포기를 반복한다. 나를 위한 선택보다 아이를 위한 선택을 할 수밖에 없는 현실 앞에서 엄마여서 그 정도 희생은 당연하다 여겼다. 내 꿈을 그리는 대신 아이의 꿈을 그리고 있었다.

아이가 시험 점수를 잘 받아 오면 기뻤고 다른 아이보다 뒤처진 아이를 볼 때면 온 세상이 무너진 것처럼 우울했다. 정작 아이는 그러한 것에 크게 개의치 않는 데 반해 나의 모든 신경은 아이의 일거수일투족 닿지 않은 것이 없었다. 나는 그저 아이를 위해 일하는 맞벌이 엄마였다. 딸아이 둘은 사춘기를 폭풍이 휘몰아치듯 겪었다. 다른 집 애들은 멀쩡한 데 우리 애들만 유별나고 생각 없이 사는 한량 같았다. 굼뜬 아이가 답답했고 그 같은 행동이 이해되지 않아 미쳐버릴 것만 같았다. '일어나라' '청소 좀 하고 살아라' '공부는 안 하니?' '잠이 그리 많아서 뭐가 되려고 그러니' '네 친구들도 다 너 같니?' 지금 생각하면 내 감정 하나 주체하지 못하고 나온 낯 뜨겁고 부끄러운 어리석은 말들이었다. 그리고 글 쓰는 지금은 안다. 내가 당시 그랬던 이유를. '나'를 잃고 사는 삶은 양육도 일상도 올바른 길로 들어설 수 없었다. 나만을 위한 인생길 위에 주인공인 나를 빼고 다른 이를 세워놓으니 이 길이 아니다 싶어 몸도 마음도 자꾸만 샛길을 만든다. 엄마로 사는 시간은 '엄마 자신'과 '아이'를 함께 양육하는 긴 여정이다. 아이를 위해 쓰는 시간과 엄마 자신을 위해 쓰는 시간이 함께 흘러가야 한다. 즉 엄마의 시간 속에 품은 아이의 시간이어야 한다. 엄마의 시간은 자궁이요, 아이의 시간은 태아다. 자궁 같은 엄마의 시간에서 아이의 시간이 자라야 한다. 그래야 올바른 양육도 가능하고 엄마 자신의 성장도 멈추지 않는다. 내 자궁 같은 시간을 지키는 것이 곧 아이의 시간을 지켜주는 일이다.

나는 글 쓰는 간호사의 삶을 살아간다. 그리고 이제는 안다. 24시간 전부를 아이를 위해 쓰지 않아도 되고, 남편을 위해 살지 않아도 된다는 것을. 오랫동안 내가 만든 착각 속에서 속 빈 강정처럼 살았다. '나'를 위해 쓰지 않고 산 시간이 남긴 건 잃어버린 나와 무기력한 경험들일 뿐이었다. 곰곰이 생각해 보면 얼마든지 자신을 위한 시간을 낼 수 있었다. 반복되는 일상에서 딱히 눈에 띄는 변화도 없으니 점점 지치고, 무기력해지고, 결국은 좀비처럼 생각조차 내려놓고 살아버린 것이다. 지금 생각하면 내가 살아가는 이유조차 모른 채 당연한 듯 일상을 이어가는 것은 대단히 위험한 일이었다. 아이들은 언젠가 독립할 시기가 오면 그 빈자리는 고스란히 내 몫으로 남게 된다. 그때 남편에게 무조건 의지하는 것은 오히려 독이 된다. 남편이 내 인생을 책임져 줄 거라는 잘못된 생각은 버려야 한다. 남편도 나이가 들면 어느 시기엔 퇴직한다. 100세 시대, 퇴직 후의 삶은 누구도 보장할 수 없다. 직장이 내 삶을 책임져 주지 않듯이 남편 또한 마찬가지다. 결국 나를 책임질 유일한 사람은 바로 '나 자신'뿐이다. 그 긴 시간을 어떻게 쓸 것인가는 오롯이 나의 몫이다. 아이들이 내 품을 떠나고 남편이 퇴직한 후에도 나는 '나'로 서 있어야 한다. 어떤 삶을 살아갈 것인가? 그 답을 찾기 위해 오늘도 나는 책상 앞에 앉았다.

"딸~ 뭐 한다고 저렇게 앉아 있을꼬? 잠은 잤어?"

친정엄마는 이른 새벽 방문 틈 사이로 새어 나온 불빛을 보고 조심스레 방문을 열었다. 작은 책상 앞에 앉아 있는 나를 보며 걱정 반 흐뭇한 마음 반으로 웃으며 나를 본다. 친정에 와서도 새벽에 일어나 글을 쓴다. 책이 될 글이 아닐지라도 읽고 쓴다. 내 글이면 더 좋고 남의 글이어도 좋다. 이 작은 기쁨이 나로 살게 한다. 친정집에는 더는 내 물건이 없다. 작은 빈방에 놓인 일인용 어린이 책상이 전부다. 남동생이 중고로 구입해 놓아둔 유일한 책상이다. 그래도 나는 이 작은 책상 하나 있다는 것에 다행이라 여긴다. 작은 의자가 조금 불편하고 책상이 그리 넓지 않아도 다 가진 것처럼 마냥 행복하다. 글을 쓸 수 있다는 것만으로. 친정엄마의 눈빛은 내가 내 아이를 바라보던 눈빛을 닮았다. 내가 못다 이룬 꿈을 지켜보는 듯한 다정한 눈길에 미안하고 감사하다. 세상 누구보다 사심 없이 나를 끝까지 응원할 유일한 사람이 내 엄마다. 그런 엄마를 둔 내가 내 아이에겐 꿈을 찾아가는 엄마, 꿈과 함께 성장하는 엄마가 되었다. 엄마를 바라보는 내 아이의 눈빛에 아린 마음보다 단단한 마음을 주고 싶다. 글 쓰는 엄마인 나는, 자궁 같은 내 시간 속에서 내 아이를 키우며 살아간다. 내 이름값 하는 일이 바로 글쓰기였음을 이제는 안다.

엄마라서 오늘도 글을 쓴다. 엄마에게 배운 책임과 성실로 시간을 '나'로 채워간다. 삶의 기록은 책이 되어 두 딸아이에게 닿을 것이다. 내 아이가 나와 같은 길을 걸어가게 될 때 엄마가 쓴 글이 길을 밝혀주는 등불이 되어 주길 바라며 새벽에 일어나 글을 쓰게 된다. 엄마라는 이름의 무게가 버거울 때 노트북을 펼친다. 글은 나를 엄마에서 나 자신으로 돌아오게 한다. 엄마여서 지쳐 있지만, 엄마라서 더 강해지는 시간이 바로 글 쓰는 새벽이다. 그 누구에게도 털어놓지 못했던 말들을 백지 위에 남길 때면 엄마이기 전에 글 쓰는 간호사인 '나'로 돌아온다. 엄마에게 배운 삶을 내 아이에게 물려주고 싶었기에. 내 아이가 엄마가 되었을 때 나로부터 배운 삶을 내 아이의 아이에게 물려주길 바라며 미래를 보며 글을 쓰게 된다. 내 안의 두려움과 피곤은 글 앞에서 솔직해지고 글은 내 고단함을 품어주는 유일한 기쁨이다.

"엄마로 살아가는 당신 그리고 아빠라는 이름으로 가족의 지붕이 되어 사는 당신, 이제 더는 '나'를 미루지 마세요. 지금 바로 뭐든 해봐요. 그 '뭐든'이 나로 돌아오게 합니다. 그리고 뜨거운 응원을 보냅니다. Bravo, My Life. Bravo, Your Life!"

02.

괜찮아, 우리 모두 처음이야.

–

양희영

멋모르고 시작된 임신

망망대해 돛단배 같았던 나의 첫 임신

"축하합니다. 태아가 자리 잡은 위치도 나쁘지 않고 수정이 나중에
되어 예정일이 다소 늦지만 괜찮습니다."

'뭐? 내가 임신을?'

생리를 거르긴 했지만, 아닐 거야! 라며 불안한 마음으로 임신 테스
트를 해봤다. 결과는 역시나 양성이었다. 병원 방문 전에 예상은 했었
다. 하지만 초음파를 통해 아이의 존재가 직접 확인되자 머릿속으로 상
상만 했던 세계가 눈앞에 펼쳐졌다. 영상에서 작은 점처럼 보이는 존재
가 생명이라니 믿어지지 않았다. 기쁜 순간이지만, 사실 내겐 여유가 없
었다. 막 신혼생활을 시작한 부부에겐 많은 일이 기다리고 있었기 때문

이다.

그렇게 아무 준비도 없이 찾아온 생명을 환영할 자신이 없었다. 그래서 마음 한편에는 죄책감이 들기도 했었다. '어떻게 하지?'라는 물음이 머릿속을 떠나지 않았다. 축복받아야 하는 일인데 마음 깊은 곳에서 갈등이 일어났다. 이 갑작스러운 상황은 나를 자책과 고민에 빠져들도록 만들었다. 우리가 과연 아이를 책임질 수 있을까? 결혼한 지 한 달 만에 찾아온 생명이기 때문이었다. 사실은 2년 정도 신혼생활을 보내고 여유롭게 임신을 준비하고 싶었다. 그렇게 마음 한쪽 구석에선 포기하라는 악마의 속삭임이 나를 괴롭혔다.

내 시절엔 28살의 결혼은 빠른 편에 속했기에 주변에 결혼과 임신한 친구가 없었다. 당연히 조언을 얻거나 상담을 청할 사람도 없었다. 게다가 이제는 성인으로 책임을 지고 살아야 한다는 무게감까지 나를 짓눌러 왔다. 신랑 역시 부담스러워하긴 했지만, 어른으로 나아가는 길에 우리가 함께 헤쳐 가야 하는 일이라며 나를 다독였다. 병원을 나서며 갑자기 친정엄마 생각에 전화했다.

"엄마, 내가 임신이래. 근데 자신이 없어. 결혼한 지 얼마 안 되었잖아. 엄마는 나보다 어린 나이에 오빠를 낳았는데 어떤 마음이었어?" 나의 푸념에 오히려 엄마는 기뻐하며 담담하게 말을 이었다.

"임신이라고? 축하할 일이네. 엄마는 첫 임신 때 행복했지. 처음엔 좀 어리둥절했는데 시간이 지나니 엄마가 되어 있더라."

"아니, 너무 갑자기 생겨서 고민이야." 뭔가 눈치챈 엄마가 급하게 말을 이었다.

"그게 무슨 말이야. 당연히 낳아야지. 괜히 지웠다가 아이 안 생기면 어떻게 하려고 그러니! 주변에 그런 사람 여럿 봐서 그래. 나는 너 임신 어렵게 할 줄 알았는데 이렇게 금방 생기다니 좋은데." 내 예상과는 달리 엄마와 우리는 의견이 달랐다. 사실 엄마도 어린 나이에 임신하고 얼떨결에 엄마가 되었기에 나와 비슷한 생각을 했을 거라고 믿었는데 전혀 다른 반응이라 당황스러웠다.

그렇게 집으로 돌아와 신랑과 사뭇 진지한 이야기를 시작했다. 대화를 통해 우리가 아이를 받아들이지 못했던 이유와 출산을 선택했을 때 맞닥뜨릴 문제들을 이야기 나눴다. 우리는 경제적으로 안정된 상황이 아니었다. 몸의 준비 역시 부족했다. 이를테면 아이를 갖기 전 미리 먹어야 했던 영양제는 고사하고 가공식품 위주의 식사, 술을 먹던 습관도 걱정되기 시작했다. 이런 상황에서 생겨난 아이기에 사실 내가 건강한 아이를 낳을 수 있을지 고민되었다. 무엇보다 아이를 키우기 위한 우리의 경제력에 대한 걱정이 많았다.

그렇게 몇 날 며칠을 고민하며 시간을 보냈다. 하지만 생각을 거듭할수록 이런 걱정들 때문에, 하나의 생명을 포기할 순 없었다. 사실 내 안에 답은 정해져 있었다. 우리의 선택지는 하나였다. 찾아온 소중한 생명을 기쁘게 받아들이는 일이 그것이었다.

생명을 지킨 후의 변화

임신을 유지하기로 결심하고 지금부터라도 적극적인 태교를 하고 싶었다. 엽산을 챙겨 먹고 병원에서 권장하는 검사를 꼼꼼히 받았다. 임신 관련 책을 읽고 공부했다. 임신 내내 「임신 육아 대백과」가 나의 인생 책이 되어 주었다. 간호사인 나였지만, 지금은 새로운 지식을 쌓아야 했다. 준비 없이 시작된 임신이지만 이제라도 엄마로서 최선을 다하고 싶었다.

요즘엔 아이 하나 낳고 키우는 데도 예전보다 많은 준비와 계획이 필요하다. 시대가 변하면서 삶의 방식이 변하고 아이를 키우는 환경 역시 달라졌다. 그렇지만 아이를 키우는 데 있어서 가장 중요한 것은 경험이다. 첫 아이 때는 모든 일이 낯설고 어렵다. 둘째, 셋째를 키울 때는 첫째의 경험을 바탕으로 시행착오를 줄여나가게 된다. 예상치 못한 새로운 문제가 생길 수 있지만, 사실 그것조차도 경험이며 그렇게 내공이 쌓인다.

엄마가 자라는 시간

임신 주 수가 늘고 태동을 느끼기 시작하면서 내 안에 새로운 생명이 자라고 있다는 사실을 온몸으로 느낄 수 있었다. 그 신비롭고 경이로운 감각은 매번 놀라움으로 다가왔다.

아이의 존재를 느낄수록 아이를 위한 노력이 더해질수록 사랑의 감정도 자연스레 깊어졌다. 임신을 알았던 처음에는 두렵고 혼란스러웠던 마음이 건강하고 예쁜 아이를 만나고 싶다는 간절한 바람으로 바뀌어 있었다. 모든 엄마가 그러하듯이 첫 아이 임신했을 때는 몸에 좋은 음식만 골라 먹고, 좋은 것만 보고 들으려 애썼다. 커피는 입에도 대지 않고 가공식품은 아예 멀리했다. 징그럽거나 보기 불편한 것들도 일부러 피했다. '세상을 어떻게 이렇게 조심스럽게 살아갈 수 있을까?' 싶을 정도였다. 마치 좋은 것이란 보호막이라도 쓴 것처럼 살았다. 아마도 첫 아이였기에 가능했던 일이 아닌가 싶다.

다행히 주변의 따뜻한 관심과 배려가 큰 힘이 되었다. 엄마는 과일 하나를 사더라도 가장 크고 싱싱한 걸 골라주셨고 시댁에서도 첫 임신이라는 사실에 무한한 사랑을 보여주셨다. 그 따뜻한 배려에 진심으로 감사했고 깊은 행복함을 느꼈다. 이 축복의 시간을 마음껏 누리며 감사하게 받아들였다. 임신을 통해 주변으로부터 받는 따뜻한 관심과 배려는 내게 참 특별하고 소중한 경험이었다. 아마도 임신 경험이 있는 사람이라면 공감할 수 있을 것이다. 요즘은 사회가 바라보는 임신과 출산도 많이 바뀌었다.

저출산 시대를 맞아 임산부를 위한 다양한 제도와 혜택이 마련되고 이러한 변화가 예비 부모들에게 든든한 버팀목이 되어 주고 있다. 첫 아이를 가졌던 때 만해도 고운 맘 카드와 육아휴직 정도가 전부였다. 요즘 후배들을 보면 근로 시간 단축, 태아 검진 휴가, 지하철 임산부 배려석처럼 임신 기간 동안 받을 수 있는 사회적 배려가 다양하게 생겨났다.

그 혜택을 충분히 누리지 못했던 나로서는 부럽기도 하고 내 시절엔
왜 이런 제도가 없었을까 하는 아쉬운 마음이 든다. 지금처럼 기업과
정부가 출산과 육아에 관심을 가지고 꾸준히 정책을 마련해 간다면 앞
으로는 더 많은 이들이 안심하고 아이를 낳고 키울 수 있는 사회가 될
거라 기대해 본다. 이에 따라 초저출산 사회인 대한민국이 오명을 벗는
날이 오면 좋겠다.

첫 생명을 소중히 받아들이지 못한 지난날의 반성과 후회

고등학생들의 임신과 육아 과정을 다룬 한 TV 프로그램을 보면서
깊이 반성했다. 어린 나이에 임신이라는 큰 사건을 겪고도 생명을 소중
히 여기며 책임지려 노력하는 그들을 보며 지난날의 내가 한없이 부끄
러워졌다.

그때 나는 이 아이들보다 어른이었다. 부부라는 울타리에서 생긴 아
이임에도 처음에 기쁘게 받아들이지 못했다. 아직 보호받아야 할 청소
년들이 자신이 처한 어려움 속에서도 생명을 선택하고 책임지려는 모습
을 칭찬하고 싶다. 학생이라는 위치에서의 임신이 환영받은 일은 아니
지만, 자기 행동에 의무를 다하려는 모습은 분명 성숙한 어른의 모습이
었다.

일부는 학생이기에 육아 중 만나는 어려움이나 삶의 갈등으로 결국

엔 책임을 다하지 못하는 일도 있었다. 임신과 출산은 어른이 된 지금의 나조차도 쉽사리 내릴 수 없는 결정이란걸 알고 있다. 이 아이들이 아직은 어린 청소년이기에 겪게 되는 혼란과 어려움이 있다는 걸 알기에 이해가 되기도 한다. 그렇기에 지금도 어디에선가 부모로서 최선을 다하고 있을 어린 부모들을 응원한다. 그들의 용기를 보며 나도 내 아이들에게 더욱 최선을 다해 살아가고 싶은 마음이 든다.

아무 준비도 없이 시작된 임신이었지만, 그 과정을 통해 엄마로서 한 걸음 한 걸음 성장할 수 있었다고 생각한다. 처음의 혼란과 두려움은 시간이 지나며 책임감이 들게 하고 그것이 축복임을 알게 했다. 이 경험은 단순히 새로운 생명의 탄생을 준비하는 과정을 넘어 엄마라는 이름에 한 발짝 다가서는 과정의 첫 단계였다. 앞으로의 여정도 쉽지 않겠지만 노력하는 부모의 모습을 보여주고 싶다.

임신은 내게 모든 부모가 처음부터 완벽할 수는 없다는 것을 알게 했다. 또, 중요한 일은 자신의 상황에서 최선을 다하고 아이를 위해 책임감 있게 선택해야 함을 알려주었다.

그렇게 첫 아이를 기다리며 세상에서 가장 소중한 선물을 받을 준비를 하고 있었다.

첫 아이 만나다 : 엄마의 길을 열어 주다

육아의 출발선 첫 아이

임신이 아이를 내 안에 받아들이며 엄마가 되기 위해 마음과 몸을 준비하는 여정의 문이라면, 출산은 본격적으로 '엄마'라는 새로운 세계로 들어서는 자동문이라 할 수 있다. 그 문을 지나며 첫 아이를 안았던 12월의 어느 날이 떠오른다. 놀랍게도 그날이 나의 입사일과 같다는 걸 이 책을 쓰면서 알게 되었다. 아이와 나, 그리고 나의 직장인 병원이 이렇게 인연처럼 이어져 있다는 게 새삼 신기하고 감동스럽기까지 했다. 마치 운명처럼 얽힌 만남에 마음이 따뜻해짐을 느꼈다.

16시간의 여정: 출산의 길

첫째와의 만남은 수월하지 않았다. 무려 16시간에 걸친 긴 진통 끝에야 아이를 품에 안을 수 있었다. 첫 출산이라 더 믿기지 않았다. 아이가 건강하게 태어났다는 기쁨과 함께 마침내 고통스러운 여정이 끝났다는 안도감이 밀려왔다. 그 시간은 내가 상상했던 출산보다 훨씬 더 고되고 길었다. 온몸과 마음을 다해 통과해야 했던 인생의 큰 문턱처럼 느껴졌다.

진통은 느닷없이 찾아왔다. 분만휴가에 들어가는 날 퇴근 후 저녁에 갑작스러운 통증이 시작되었다. 마지막 검진 때 의사는 자궁 경부가 전혀 열리지 않았다며 출산까지 시간이 걸릴 거라고 했다. 그 말을 믿고 여유롭게 휴가를 즐기며 천천히 출산 준비를 하려고 생각했다. 모든 계획이 진통으로 인해 틀어져 버렸다.

자정 무렵 병원에 도착했을 때 자궁 경부는 겨우 1cm 열려 있었다. 수축은 주기적으로 찾아왔지만 입원하기엔 아직 이른 상태였다. 의사는 경과를 좀 더 지켜보자며 병원 안의 산책을 권했다. 배가 고팠기에 편의점에서 바나나우유 하나를 마셨다. 남편과 함께 병원 복도를 천천히 걸으며 여유를 즐길 정도였다.

그때 마신 바나나우유가 출산 전 마지막 식사가 되었다. 이후 16시간 동안 아무것도 먹지 못했으니, "그때 좀 더 먹어둘 걸…" 하는 후회가 지금도 문득 떠오른다. 농담처럼 "진통이 시작되면 족발 같은 힘 나는 음식 꼭 챙겨 먹어라."라는 말을 들은 적이 있었는데 그 말의 진짜 의미를 그제야 온몸으로 깨달았다.

초산은 5분 간격으로 진통이 오면 병원을 가도 된다는 말이 뒤늦게 생각났다. 자정 무렵 나는 7-8분 간격의 진통이었음에도 불안한 마음에 병원으로 달려왔다. 그 후로 두 시간 넘게 걷고 나서 다시 검진받을 수 있었다. 경부가 전보다 더 열려서 바로 입원이 결정되었다.

이후의 모든 순간이 힘들고 고되며 지루하기까지 했다. 어쩌면 그래서 첫 아이를 품에 안았던 그 감격이 더 크게 다가왔는지도 모른다. 처음 엄마가 되던 날, 처음 내 아기를 만난 그날의 기억은 지금도 내 마음속에서 바나나우유처럼 달짝지근하고 끈적하게 오래도록 남아 있다.

무통분만의 기대와 예상치 못한 고통

입원 후 아침이 되고 나서야 무통분만을 시작했다. 초기에는 비교적 순탄하게 진행되었다. 오후 4시 무렵 자궁 문이 모두 열리며 본격적인 힘주기가 시작되었다.

"이제 몇 번만 힘주면 아이가 나올 거예요."

의사의 말을 믿고 기다리고 있었으나 진행이 매끄럽지 않았다. 그때부터 상황은 급격히 달라지기 시작했다.

안쪽 골반이 작아서인지 아직 세상에 나올 준비가 덜 된 것인지 아이는 내려오지 않았고 진통은 더욱 심해졌다. 무통분만의 효과마저도 이내 사라졌다. 골반에 끼인 통증은 무통분만으로 완화되지 않았다. 나는 3시간 넘게 고통 속에서 아이를 낳으려고 애를 썼다. 진통이 시작되면 별이 보일 정도로 아프다고 했는데 별을 보진 못했다. 옆에 있는 남편 머리를 다 뜯고 싶었다. 그 옆에서 뻘뻘 땀 흘리며 도와주는 남편을 보며 애는 내가 낳는데 왜 자기가 땀을 흘리며 힘들어하나 싶었다.

분만실 밖에서는 엄마가 초조한 마음으로 소식을 기다리고 있었다. 아이를 낳는다고 이야기하고 3시간이 지나고 있었다. 출산 경험이 있는 엄마로서는 이해되지 않는 기다림의 시간이었다고 한다. 혹여나 '잘못된 것은 아닌가?' 걱정하는 마음으로 기다렸다. 3시간 동안 이어진 힘주기에도 아이는 좀처럼 나올 기미가 보이지 않았다. 응급수술 이야기가 나오기 시작했다. 시간이 조금 흐르고 자연스럽게 힘이 들어가는 느낌이 들었다. 아이가 조금씩 내려오는 느낌도 받았다. 이 모든 일은 아이가 잘 견뎌주었기에 가능했다. 만약, 아이 심박동 수가 급격히 떨어졌다면 응급수술을 해야 하는 상황이었다.

다행히도 나와 아이 모두 마지막까지 힘주기에 노력하며 자연분만으로 아이를 낳을 수 있었다. 아직 아이가 준비되지 않은 상황에서 일찍 힘주기를 시도해 아이와 나, 의료진 모두 고생했다. 힘든 순간을 잘 견뎌준 아이에게 무한한 고마움을 느꼈다.

아이와의 첫 만남

아이를 낳는 순간 가장 먼저 든 생각은 '이제 살았다.'라는 안도감이었다. 출산의 기쁨보다는 나의 고통이 사라지는 것이 일차 기쁨이었다. 아직은 모성애가 장착되지 않았기에 나의 일차적 욕구가 먼저 앞섰다. 이내 아이의 울음소리가 들려왔고 내 눈앞에 아이가 처음으로 모습을 드러냈다.

아이의 모습은 내 상상과 달랐다. 뽀얗고 오동통한 귀여운 아기를 기대했는데 피부는 붉었고 얼굴과 몸 군데군데 피지가 하얗게 붙어있었다. 머리는 골반에 오래 끼어 있었던 탓에 뾰족하게 튀어나와 있었다. 그 순간은 감동이라기보다 웃음이 먼저 나왔다.

'왜 이렇게 못생긴 거지? TV에서는 갓 태어난 아이들도 예쁘던데'

속으로는 이런 생각을 했다. 검사받는 아이를 보고 있으니 세상 누구보다 사랑스럽게 느껴졌다. 내가 낳은 아이라고 믿어지지 않았다. 아이를 낳고 통증이 사라지면서 그동안 분만을 위해 힘들었던 순간이 머릿속에서 지워졌다.

분만실에서 병실로 돌아온 후 간호사에게 건넨 첫 마디가 "혹시 밥 나오나요?"였다. 엄마가 된 기쁨도 잠시 생존 본능이 앞서는 나를 발견하며 웃음이 났다. 이미 저녁 시간이 한참 지나고 있던 터라 다음 날 아침까지 밥을 못 먹는 건 아닌지 걱정했다. 다행히 간호사는 산모들에게는 미역국이 야식으로 나온다고 알려 주었다. 그제야 긴장이 풀리며 피곤함이 몰려왔다. 그날 밤 먹은 미역국은 세상 태어나 먹은 미역국

중에 가장 꿀맛이었다.

아이는 신생아실에서 여러 처치를 받은 뒤 늦은 밤에야 병실로 돌아
왔다. 아이를 물끄러미 바라보며 정말 내가 낳은 아이가 맞는지 실감이
나지 않았다. 손으로 만져보고 또 만졌다. 이 작은 생명을 낳기 위해
10달 동안 마음 졸이고 16시간의 진통을 견뎌낸 순간들이 떠올랐다. 건
강하게 태어나 준 아이에게 고마운 마음뿐이었다.

그날 밤은 피곤했지만 쉽게 잠들 수 없었다. 세상 엄마들의 마음속
에는 첫 아이와의 만남이 특별한 기억으로 자리 잡고 있다. 마치 잊을
수 없는 태몽처럼 처음 만나던 그 순간의 감동과 기쁨은 영원히 기억에
남아 있다.

초심을 떠올리며

지금의 첫째는 어느덧 나만큼 자라 매일 나를 웃게도 하고 울게도
한다. 요즘은 유난히 나를 힘들게 하는 시간이다. 그럴 때마다 나는 마
음속에서 조용히 그날을 떠올린다. 처음 아이를 품에 안았던 그 벅찬
순간, 모든 고통이 눈 녹듯 사라지고 세상이 멈춘 듯 느껴졌던 그 찰나
를 기억한다. 비록 지금의 아이는 몸도 크고, 자기만의 생각이 많아졌
다. 그 작은 존재가 처음 내 품에 안겼을 때의 감정만은 여전히 선명하
다. 엄마가 된다는 건 결국 아이와 함께 자라나는 일이라는 걸 나는 이
아이를 통해 배워가고 있다.

　처음의 감정을 되새기며 아이가 겪는 혼란과 성장의 시기를 더 깊이 이해하고 따뜻하게 안아줄 수 있는 엄마가 되고 싶다. 세상에 처음 나와 나를 엄마로 만들어 준 그날을 마음속에 오래도록 간직한 채 나는 오늘도 다시 '처음'의 마음으로 아이를 바라본다.

　엄마들이 그 특별한 순간을 마음속에 새기며 아이를 바라보고 사랑으로 보듬어 가길 희망한다.

육아 초보는 말이 없다

처음이라는 어려움 속에서 배우는 것

『처음』이라는 단어는 우리에게 설렘과 기대를 안겨준다. 그 안에는 서툴고 불안하며 걱정도 함께 자리한다. 엄마가 되고 기대와 설렘이라는 다리를 건너 서툴고 걱정뿐인 긴 터널 안으로 들어섰다. 아이와 하는 모든 행동이나 일과들이 처음이기 때문이다.

아이를 출산하고 집으로 돌아와 한 달간 엄마의 산후조리 특혜를 받았다. 조리원이랑은 다른 특별한 시간이었다. 매 끼니 다른 재료로 끓여주는 미역국, 손 하나 까딱하지 않고 누릴 수 있는 안락함 등 엄마는 오직 우리를 위해 지극정성으로 모든 일을 해 주셨다. 첫 아이고 여자아이여서 엄마는 일회용 대신 천 기저귀를 사용했다. 천 기저귀는 보통의 정성으로 가능한 일이 아니었다. 분유를 먹는 아이는 하루에도 몇 번씩 소변 기저귀를 만들었고 그 많은 기저귀를 엄마는 매일 삶고 빨았다. 나는 아이와 놀며 하루를 보냈다. 엄마의 배려로 너무 편했던 나머지 계속 누워 있어야 한다는 엄마의 말을 무시하고 앉아서 생활했다.

그때 엄마 말을 듣지 않아 결국 골반이 위로 올라가고 허리 통증이 생겨 급기야 한의원 치료를 다녀야 했다. 엄마 말을 잘 듣지 않은 일에 대해 후회가 밀려왔다. 고생한 엄마에게 미안한 마음이 들었다. 엄마는 아이와 나를 위해 최선을 다했다. 사랑과 정성이 담긴 보살핌 안에서 엄마는 나에게 나는 아이에게 내리사랑을 전해주고 있었다.

서툰 부모의 시행착오

그러던 어느 날, 엄마가 집에 가야 하는 상황이 생겼다. 이제 모든 육아를 홀로 감당해야 했다. 처음에는 자신만만했다. '엄마가 하는 걸 봤으니 나도 잘할 수 있을 거야.' 그 생각이 큰 착각이었음을 알게 되는 순간까지 긴 시간이 필요하지 않았다.

아이를 목욕시키는 일이 가장 어려웠다. 아직 목을 가누지 못하는 아이를 다루는 것이 얼마나 어려운지 몸소 느꼈다. 엄마가 할 때는 쉬워 보였는데 내가 하려니 아이를 손에서 놓쳐 버릴까 봐 두려워 온몸이 긴장되었다. 남편 역시 서툴렀다. 손이 크고 덩치가 커서 아이를 안을 때마다 잔뜩 힘이 들어갔다. 분유를 먹일 때조차 부자연스러운 몸짓과 표정으로 힘겨워했다. 남편은 땀을 뻘뻘 흘리며 어찌할 바를 몰랐고 그런 모습을 보며 나도 모르게 웃음이 터져버렸다. 아이 하나를 놓고 어른 둘이 이렇게 우왕좌왕하는 모습이 우스꽝스러웠다.

엄마의 자연스러운 모습을 보고 나도 신랑도 잘할 수 있다고 생각했던 것은 큰 오인이었다. 매 순간이 새로웠고 어려웠고 때로는 버거웠다. 그제야 알게 되었다. 엄마가 그토록 자연스럽게 해내던 모든 일이 사실은 큰 사랑과 인내가 담긴 고마운 일이었다.

엄마의 comeback

엄마가 돌아오고 나서 우리는 다시 평온을 되찾았다. 엄마에게 주말 동안의 소동을 이야기하자 크게 웃으셨다. "아이 키우는 게 그렇게 쉬운 일은 아니지?" 그제야 부모의 역할이 결단코 간단하지 않음을 실감했다. 엄마가 우리에게 해주셨던 모든 일이 얼마나 큰 희생과 사랑이었는지 다시금 가슴 깊이 느꼈다.

엄마가 돌아오니 아이 역시 할머니의 품 안에서 편안하고 행복해 보였다. 아이에게도 할머니의 손길이 따스하고 포근하게 느껴지며 안정감을 되찾았다. 이 경험을 통해 알게 된 것은 '남이 하는 일을 쉽게 보지 말라.'라는 것이다. 우리는 엄마가 아이를 돌보는 모습을 보며 잘할 수 있다고 단순히 생각했다.

실제로 해보니 그 모든 과정은 경험과 기술이 필요했다. 초보 엄마라서 나에게는 축적된 경험과 기술이 부족했다. '한 술에 배부를 수 없다.'라는 격언처럼 엄마라는 역할은 서툴고 시행착오를 거치더라도 직접 부딪히며 배워야만 비로소 익숙해질 수 있다. 서툴러도 부딪히며 배우는 과정을 통해 엄마로서 한 걸음 더 나갈 수 있는 시간이었다.

현대 육아의 현실과 나의 다짐

요즘은 부모에게서 독립하지 못하고 심리적, 경제적으로 의존하는 사람들이 많이 있다. 이런 상황을 나타내기 위해 「캥거루족」이라는 신조어까지 생겨났다. 결혼 후에도 육아와 살림의 도움을 받으며 부모 곁에 머무는 사람들이 늘고 있다. 우리 부부도 엄마의 도움 없이 육아를 감당하기 힘든 일이 현실임을 알게 되었다. 주변에도 맞벌이 부부들을 보면 친정 근처에 살면서 육아나 살림에 있어 도움을 받는 경우를 흔히 볼 수 있다.

이번 경험을 통해 엄마의 도움이 너무나도 고맙고 필연적인 걸 알았다. 반면, 무한대로 의지할 수는 없는 일이다.

이제는 부모로서 스스로 독립해야 한다. 서툴러도 시행착오를 겪더라도 아이와 함께하는 모든 순간을 통해 배우고 엄마가 되어가야 한다. 그 과정을 통해 나도 언젠가는 아이에게 「엄마」라는 이름에 걸맞은 사람이 될 수 있다.

육아는 어렵다. 그 어려움 안에 사랑과 배움 성장이 있다. 나의 엄마가 나를 키워내고 아이를 돌보아주시는 그 마음을 기억하며 오늘도 서툴지만 한 걸음 더 나아가고 있다.

끝없는 사랑을 주는 엄마, 처음으로 엄마가 되어가는 나, 우리 모두에게 감사하며 지금도 엄마의 길을 시작하고 있는 세상의 초보 엄마들에게 응원의 메시지를 전하고 싶다.

육아하며 찾아오는 고비마다 우리는 엄마라는 이름으로 그 모든 역경을 감내할 수 있다.

야경중, 너 뭐니?

아이와의 밤중 싸움에서 배운 육아의 지혜,
엄마로서 끝없는 배움의 여정

육아는 끊임없는 도전과 배움의 연속이다. 아이를 키우며 엄마는 수많은 기쁨을 경험한다. 동시에 예상치 못한 문제들 앞에서 혼란을 겪기도 한다. 첫째가 4살 무렵 겪었던 야경증을 통해 처음에는 혼란과 좌절을 느꼈고 그 과정을 통해 엄마로서 더욱 성장하는 밑거름이 되었다.

야경증은 깊은 수면에서 나타나는 장애 중 하나로 주로 어린아이에게 빈번히 발생한다. 아이가 깊은 수면 상태(비렘수면)에서 갑자기 깨어나 비명을 지르거나 반복적인 신체적 증상을 보이는 것이 특징이다.

부모가 보기에 아이는 깨어 있는 것처럼 보이지만 사실상 잠결에 일어나는 현상으로 아이는 다음 날 이러한 일을 기억하지 못한다. 특별한 원인이 명확히 밝혀지지는 않았다. 피로, 스트레스, 신경 발달 과정에서의 일시적 변화 등이 주요 원인으로 추정된다. 대부분 치료 없이도 성장 과정에서 자연스럽게 사라진다.

첫째의 야경증과 처음으로 만나다

첫째는 4살 무렵부터 야경증 증상을 보이기 시작했다. 매일 밤 자정쯤 아이는 갑자기 잠에서 깨어 울음을 터뜨렸다. 울음은 일반적인 투정과 달랐다. 아이는 눈을 감은 채로 소리를 지르듯 울었고 때로는 손을 내리치면서 눈물이 흐르지 않는 마른 울음을 토해냈다. 그저 무섭거나 슬퍼서 우는 것과는 차원이 다른 듯 보였다.

아무리 달래도 울음은 쉽게 멈추지 않았다. 손을 잡아도, 안아도, 심지어 화를 내도 아무런 효과가 없었다. 이 상태는 보통 30분에서 1시간 정도 유지되었다.

아이가 지쳐 잠이 드는 것으로 끝이 났다. 아이가 다시 잠든 후에도 내 마음은 무겁고 답답했다. 원인을 알지 못하니 해결책이 보이지 않았다. 안개가 자욱하게 낀 아침 눈앞에 무엇이 있는지 보이지 않는 길을 걸어가는 것처럼 느껴졌다.

'왜 이런 일이 생기는 걸까?'라는 질문만이 머릿속을 맴돌았다.

야경증을 알기까지의 방황

처음에 아이 행동의 원인을 모르니 답답했다. 단순히 아이가 잠결에 심하게 보채는 것이라 여겼고 여러 방법을 시도했다. 아이를 흔들면서 달래보기도 하고 물을 먹여보기도 하며 우는 아이에게 왜 그러냐고 소리를 지르기도 했다. 아이가 우는 그 밤에는 온전한 정신으로 버티는 게 쉽지 않았다. 매일 밤이 빨리 지나가기만을 바랐다.

가족이나 친척들이 모였을 때 아이가 그러는 경우 주변 사람들도 각자의 조언을 쏟아냈다.

"불을 켜 보라."

"깨워서 차분히 말을 걸어라."

"잠자리를 바꿔보라."

어떤 방법도 효과를 보지 못했다. 그 후로는 아이의 증상이 좋아지기 전까지 가족들 모임에 잘 가지 않았고 나가서 잠을 자는 경우를 만들지 않았다.

옆에서 해주는 조언들이 오히려 나를 더 힘들게 했다. 매일 밤 계속되는 반복된 울음과 싸움은 점점 나를 지치게 했다. 결국 병원에 가야겠다는 결심으로 예약했다. 진료 일을 기다리면서도 다방면으로 아이 증상의 원인을 찾기 위해 노력하던 중 인터넷 검색을 통해 야경증이라는 단어를 접하게 되었다. 야경증에 대해 읽으며 아이의 증상과 정확히 맞아떨어지는 것을 발견했을 때는 마치 어두운 터널에 광명이 비치는 것과 같았다. '우리 아이가 이걸 겪고 있었구나.'라는 생각이 들며 치료를 할 수 있을 거라는 기대감에 들떠 있었다.

야경증에 대한 올바른 대처

야경증이라는 것을 알고 나니 대처 방법을 조금씩 바꿀 수 있었다. 예약해 두었던 소아청소년과 의사와 진료를 받으며 확실히 야경증이 맞음을 확인했다. 의사는 다행히 특별한 치료는 필요 없다고 했다.

의사는 다음과 같은 조언을 했다.

주변 환경을 안전하게 만들기 : 아이가 발버둥 치다 다칠 위험이 있으니 침실 주변을 정리하고 위험한 물건을 치우는 것이 중요하다고 했다.

잠들기 전의 루틴 점검 : 잠자기 전 아이가 스트레스 상황이나 과도한 흥분 상태가 되지 않도록 안정된 환경을 만들라고 했다.

부모의 감정 조절 : 아이를 억지로 깨우거나 울음을 멈추게 하려 하지 말고 곁에서 조용히 기다려 주는 태도가 필요하다고 했다.

병원을 나서며 아이를 그동안 힘들게 했던 상황에서 벗어날 수 있다는 희망이 보였다.

기다림과 변화

병원을 다녀오고 나서도 변화는 쉽게 나타나지 않았다. 아이는 여전히 밤마다 울었고 그 모습을 지켜보아야 했다. 하지만 야경증에 대해 이해하게 된 후 아이를 억지로 달래거나 멈추게 하려 하지 않았다. 아이의 곁에서 기다리며 안전하게 지켜보는 일에 초점을 맞췄다. 시간이 지나면서 조금씩 변화가 나타났다. 아이가 우는 시간이 점차 짧아졌고 울음의 빈도도 줄어들었다. 몇 개월 후, 야경증은 자연스럽게 사라졌다. 어느 순간 아이가 밤중에 깨지 않고 평온히 잠든 모습을 보며 그동안의 밤중 싸움이 끝났음을 깨달았다.

아마도 아이가 깨어나지 않았던 첫날 밤 기억은 없지만 나와 아이는 깊은 잠을 잤을 것이다. 그날 밤은 모두에게 평온한 밤이었을 것이다.

육아에서의 교훈: 아이와 함께 배우기

야경증을 겪으면서 가장 크게 배운 점은 육아는 모르는 것을 인정하고 배워가는 과정이다. 아이가 겪는 문제를 엄마가 모두 해결할 수는 없다. 상황을 정확히 이해하고 적절히 대응하는 태도가 중요하다. 주변의 조언이 항상 정답이 될 수 없다는 사실도 배웠다. 부모가 스스로 정보를 찾고 아이를 가장 잘 아는 사람으로서 결정을 내려야 한다.

야경증은 처음에는 부모를 당황스럽게 만들고 때로는 지치게도 했다. 이는 아이가 성장하며 겪는 다양한 현상 중에서 일부이다. 중요한 점은 부모가 아이의 상태를 이해하고 기다려 주며 함께하는 마음가짐이다. 육아는 끊임없는 배움의 연속이다. 매일 밤 울던 아이가 어느 날 평온히 잠든 모습을 보며 우리 모두 한 단계 성장했음을 느꼈다. 이 경험이 야경증이나 다른 증상을 경험하는 부모들에게도 작은 위로와 도움이 되길 바란다.

아이의 힘든 시간을 함께 지나며 아이도 자라고 부모도 깊어진다. 결국 우리는 서로를 키워가며 함께 성장한다.

두 번째 만남 – 두별이를 만나다

힘듦 뒤에 기쁨이 찾아왔다

첫째 아이의 야경증과의 씨름이 끝나갈 무렵, 둘째가 우리 가족에게 찾아왔다. 한동안 밤마다 첫째 아이의 울음과 잠꼬대에 놀라며 원인을 찾으려 노력했던 시간이 떠올랐다. 혹시 동생이 생긴다는 사실이 아이의 마음에 변화를 일으킨 건 아닌지 생각하니 미안한 마음이 들었다.

엄마로서 이런 순간에도 여러 가지를 돌아보게 된다. 혹시 내가 알아차리지 못한 무엇이 아이에게 영향을 주었을까? 어른들 사이에서 흔히 듣던 「아이들은 동생이 생긴 걸 직감적으로 알게 된다.」라는 말이 떠올랐다.

어쩌면 내가 느끼지 못한 감정의 파동을 아이가 먼저 감지했을 수도 있다는 생각에 신기함과 동시에 놀라움을 느꼈다. 첫째 아이가 겪었을 감정적 혼란을 조금이나마 이해했다. 아이들이 동생이 생기면 보이는 퇴행 행동이나 감정의 변화는 이런 맥락에서 자연스러운 일이 아닐까?

둘째 역시 갑작스럽게 우리 곁에 찾아왔다.

둘째도 계획하지 않았던 시기에 찾아왔다. 1년 정도 후에 갖고 싶었으나 계획은 언제나 빗나간다. 그 시점에 첫째는 네 살이었다. 흔히 말하는 「미운 네 살」의 시기를 보내던 중이다. 그래서일까 두 아이를 동시에 돌보는 육아가 머릿속에서 이미 어렵게 그려졌다. 예상과 달리 임신 초기는 순조로웠다. 입덧이 없었고 첫째와 함께 책을 읽거나 종이 접기 등 함께 보내는 모든 순간이 태교로 이어졌다.

중기로 접어들며 몸의 변화가 느껴지기 시작했다. 체력은 점점 따라 주지 않았다. 첫째와의 일상이 조금씩 도전으로 다가왔다. 갑자기 유모 차에 타지 않겠다며 안아달라고 떼를 썼다. 점점 불러오는 배 위에 첫째를 안아 집까지 걸어오던 날들이 떠오른다. 걸어서 5분 정도인 그 길은 천 리 길처럼 멀게만 느껴졌다.

하루하루 빨리 지나가기만을 바라며 버티고 있었다. 그때로 다시 돌아가라고 한다면 단연코 거부하고 싶다. 그런 와중에도 밤중 기저귀 떼기를 시도하며 매일 같이 이불 빨래를 돌리던 나는 온전한 정신이 아니었다. 젊어서 무모했던 걸일까? 왜 사서 고생했는지 나도 나를 모르겠다.

시간은 그렇게 흘러가고 둘째가 태어날 날이 가까워졌다. 첫째가 동생에 대한 질투심으로 퇴행할 수도 있다는 이야기를 들으며 고민했다. 야경증이 둘째의 임신으로 인해 나타났다는 근거는 없었지만 이미 한 번 겪어 본 아이의 모습으로 인해 더욱 조심하고 걱정되었다. 병원에 첫째가 방문했을 때 어떻게 행동해야 하는지 남편과 시뮬레이션까지 해 보며 둘째 맞을 준비를 했다. 막상 둘째가 태어나고 첫째가 병원에 왔을 때는 아이가 신생아실에 있어서 우리가 우려했던 상황은 일어나지 않았다. 그 이후 아이들은 자연스럽게 마주하며 별 탈 없이 첫 상견례가 끝났다.

둘째의 세상 밖으로의 첫걸음

예정일을 이틀 앞두고 찾아온 새벽 진통은 첫째 때와는 또 다른 느낌이었다. 강도가 더 세고 진행 속도도 빨라 병원으로 서둘러 향했다. 병원에 도착했을 때 이미 자궁 경부가 3cm 열려 있었고 무통분만이 바로 진행되었다.

새벽 시간에 엄마가 없어진 것을 첫째가 어떻게 받아들였을지 걱정스러웠다. 둘째를 낳는 과정은 순조로웠다. 주말이 아닌 평일이라 모든 의료진이 일하고 있다는 것도 나에게는 안정감을 주었다.

2014년 7월 3일 오전 11시 11분 우렁차게 울음을 터뜨리며 둘째가 세상의 빛을 보았다. 둘째가 나오자마자 의사 선생님이 한 첫 마디가 기억에 남는다. "어? 왜 이렇게 크지?"

둘째는 키 57cm, 몸무게 3.75kg 첫째보다 크게 태어났다. 작은 내 뱃속에서 커다란 아이가 태어나다니 감개무량했고 둘째였음에도 내가 낳았다는 사실이 믿기지 않았다. 아이는 또 다른 생명의 신비를 느끼게 해주었다. 첫째 때는 처음이라 진통이 길고 힘들었다. 모든 게 낯설어서 이런 감정을 깊게 느낄 여유가 없었다. 하지만 이번에는 달랐다. 진통과 분만이 비교적 순조로웠다. 그래서일까 둘째의 울음소리는 마음 깊은 곳까지 울려 퍼졌다. 나의 마음이 둘째라 여유로웠던 영향도 있었다.

아이가 태어나자마자 내 가슴에 안겨 심장 소리를 듣는 순간은 세상의 그 어떤 말로도 표현할 수 없는 감동을 주었다. 두 아이를 낳은 그 순간은 형용할 수 없을 만큼 다양한 감정을 불러일으켰다.

천국 같은 조리원, 엄마의 마음

3일간의 병원 생활을 마친 뒤 조리원에 들어갔다. 조리원은 천국이었다. 첫째 때는 친정엄마가 해주는 산후조리 덕에 몸과 마음을 회복할 수 있었다.

이번에는 조리원의 체계적인 시스템 안에서 온전히 휴식을 취할 수 있었다. 첫째 때 생겼던 허리 통증으로 그 이후에도 고생했다. 둘째 이후에 더는 출산 할 계획이 없었기에 몸을 제대로 회복해야 했다. 14일간의 조리원 생활은 그렇게 특별한 쉼의 시간을 선물해 주었다. 몸은 편했어도 집에 있는 첫째가 자꾸 생각났다. 아직 어린 나이에 엄마와 떨어져 지내는 아이의 생활이 궁금했다. 다행히 아빠, 고모와 함께 잘 지내고 있었다. 아이와 처음으로 떨어져 있던 시간 동안 내 마음 한쪽은 허전했다. 아이가 둘이 되고 보니 엄마의 사랑을 동등하게 나누어주어야 한다는 생각이 들며 머릿속이 복잡해졌다.

새로운 여정의 시작

조리원에서의 14일은 눈 깜짝할 새 지나갔고 집으로 돌아온 뒤 진정한 육아 세계로 진입했다. 두 아이의 육아는 하나일 때와는 전혀 다른 세상이었다.

그 안에서 이루 말할 수 없는 고통의 시간도 있었다. 반면, 두 아이가 주는 기쁨은 고통을 잠시 잊게 해주는 치료제였다. 첫째와 함께했던 시간이 있었기에 둘째를 맞이하는 순간은 더 깊이 새겨졌다. 둘째가 우리 가족에게 주는 새로운 기쁨은 첫째 때와 또 다른 색깔로 채워졌다.

아이가 여러 명이 된다는 일은 육체적, 정신적 고단함을 가져온다. 그 모든 일을 가능하게 해주는 밑거름은 아이를 향한 엄마의 사랑이다. 육아는 매 순간 선택과 도전의 연속이다. 둘째가 보여주는 미소, 첫째가 동생에게 건네는 어설픈 애정 어린 행동들이 힘든 여정을 기쁨으로 바꾸어 준다.

두 아이와 함께 만들어갈 앞으로의 이야기를 기대하며 엄마로서 더 단단해지고 있었다.

엄마, 미안해요

육아와 조부모의 도움

현대 사회에서 맞벌이 부부는 흔한 일이 되었다. 육아 과정에서 조부모의 도움은 선택이 아닌 필수가 되어가고 있다. 출퇴근길 아이를 어린이집에 데려다주는 할머니, 손주를 안고 소아청소년과에 방문하는 할아버지의 모습은 이제 흔한 풍경이다.

나 역시 두 아이의 육아 과정에서 친정엄마와 시아버님의 도움을 받았다. 아이들이 어릴 때 약 1년 정도씩 외가에서 자란 경험이 있었다.

큰아이는 돌 무렵 외가에 맡겨졌고 둘째는 100일쯤 되어 외가에서 지내기 시작했다. 엄마로서 아이를 떠나보내는 마음은 무겁기만 했다. 둘째를 맡길 당시에는 시간이 더 지나 친정엄마의 체력이 예전 같지 않았기에 죄송한 마음이 더욱 컸다. 우리도 주말마다 아이를 보러 내려가는 강행군이었다. 그 시간 동안 정신적, 육체적으로 힘들었다. 특히 둘째 때는 매주 지방과 서울로 첫째를 데리고 다녔다. 첫째도 매주 동생을 보러 다니느라 다양한 체험을 할 시간이 주어지지 않았다. 그런 마음을 아셨는지 어느 날 엄마가 전화로 한주 정도는 바쁘면 내려오지 않아도 된다고 하였다. 지쳐 있던 터라 엄마의 배려가 감사했다. 그 이후에 벌어진 일을 알고는 죄송함과 안타까움이 밀려왔다.

돌발 사고와 엄마의 희생

그렇게 엄마의 배려로 한 주 쉬게 되면서 첫째와 함께 나들이를 나갔다. 그곳에서 엄마와 영상통화를 하던 중 둘째의 팔에 감긴 붕대를 발견했다. 놀란 마음으로 물었더니 엄마는 "며칠 전 목욕을 시키다가 뜨거운 물에 아이가 팔을 데었어."라고 말씀하셨다.

갑작스러운 상황에 엄마의 손에서 벗어난 아이가 뜨거운 물에 화상을 입었다. 왜 그 사실을 바로 말하지 않았는지 내가 화를 냈고 엄마는 내가 속상할듯하여 말하지 못하셨다고 한다.

아이의 화상 자국을 보니 마음이 찢어질 듯 아팠다. 정작 엄마의 손등에도 화상의 흔적이 남아 있는 것은 그다음 주 친정에 내려가고 나서 알게 되었다. 아이를 구하려 함께 다친 손을 숨기며 아이의 상처 치료에만 몰두하셨던 엄마. 그런 엄마를 떠올리니 너무나 죄송하고 미안한 마음에 눈물이 멈추지 않았다. 엄마는 자신의 상처는 아랑곳하지 않고 아이의 상처만 걱정하며 시간을 보내셨다. 순간 방심하면 사고가 나는 어린아이를 맡겨 놓고 철이 없었다. 내 아이의 상처만 보이고 엄마를 배려하는 마음의 여유가 없었다.

내리사랑이라는 말처럼 엄마는 나에게 나는 아이들에게 그렇게 사랑을 전하고 있었다. 엄마는 그때 받았던 응급처치를 마음에 담아두시며 미안해했다. 시골에 있는 작은 의원에 아이를 데려갔다. 화상을 입은 아이를 흔히 말하는 빨간약을 발라주고 붕대를 감아놓았다고 한다. 화상을 입게 된 경우 열기를 빼내야 한다. 얼음주머니나 화상연고를 바르고 공기 중에 노출하여 열을 빼내 주어야 하는데 병원에서 붕대를 감아놓아 오히려 흉터가 생겨났다. 그때의 흉터가 지금은 흔적도 없이 사라져버렸지만, 가슴에 새겨진 상처는 없어지지 않고 그대로 남아 있다.

조부모의 역할과 한계

조부모는 아이를 돌보는 데 있어 중요한 역할을 한다. 부모가 일터에 있는 동안 아이의 생활을 책임지고 보살펴준다. 조부모는 때로는 부모보다도 더 큰 책임을 느끼며 애정을 쏟는다. 이 과정에서 조부모가 겪는 신체적, 정신적 부담은 생각보다 크다. 특히 나이가 들어 체력이 예전 같지 않을 때는 아이를 돌보는 일이 더욱 힘겹게 느껴질 수 있다. 30, 40대인 부모도 힘들어하는데 60, 70대 조부모는 더욱 체력적으로 힘들다.

조부모가 손주를 돌보는 동안 생길 수 있는 작은 사고들은 누구에게나 일어날 수 있는 일이다. 아이들의 행동반경은 넓고 언제 어떤 일이 발생할지 알 수 없기 때문이다. 이런 사고들은 조부모에게도 깊은 상처로 남을 수 있다. 손주를 다치게 했다는 죄책감은 그들의 마음을 무겁게 하고 때로는 가족 간 갈등의 불씨가 되기도 한다. 그러므로 서로의 마음을 이해하고 배려하려는 노력이 필요하다.

조부모의 희생에 대한 감사와 이해

아이를 기르며 느낀 점은 부모가 되어야 비로소 부모의 마음을 알 수 있다는 것이다. 엄마가 되어 보니 조부모의 역할이 단순히 손주를 돌보는 것을 넘어선 무한한 사랑과 희생을 바탕으로 한다는 것을 깨달았다. 부모는 때로 조부모의 도움에 의존할 수밖에 없는 상황에 놓이곤 한다. 이런 상황에서 조부모에게는 미안함과 고마움을 동시에 느끼게 된다. 조부모와 함께하는 육아는 단순히 아이를 키우는 과정이 아니다. 부모와 조부모, 아이가 함께 성장하고 서로의 사랑과 희생을 통해 관계를 만들어가는 여정이다.

조부모의 도움이 필수적인 시대에 부모는 조부모의 노고를 깊이 이해하고 감사하는 마음을 가져야 한다. 조부모 또한 자신의 한계를 인정하며 무리하지 않는 범위에서 도움을 제공하는 것이 중요하다.

시간이 지나도 마음의 상처는 아물지 않는다

엄마는 지금도 둘째의 팔을 가끔 들여다본다. 이제는 흉터조차 남지 않았는데도 엄마는 여전히 미안함을 떨치지 못하고 있다. 그 모습을 보면서 나는 엄마에게 사과와 감사를 전하지 못한 것이 후회된다. "엄마, 미안하고 고마워요"라는 단순한 말을 전하는 일이 왜 그리 어려운지 모르겠다.

엄마가 아이를 위해 흘린 땀과 눈물을 떠올릴 때마다 마음 깊이 느낀다. 이제는 잊어버려야 하는 기억이 가슴속에 상처로 남아 있기에 쉽사리 사라지지 않는다.

언젠가 엄마에게 진심 어린 사과를 드려야 그 상처가 조금은 아물지 않을까 생각한다. 그 시간이 빨리 올 수 있기를 기다려 본다. 그동안 한 번도 엄마에게 전하지 못한 말,

"엄마, 죄송하고 감사합니다."

아픈 손가락을 마주 보다

엄마의 마음, 성장의 시간

「열 손가락 깨물어 안 아픈 손가락 없다.」

이 속담은 모든 부모의 마음을 대변하는 말이다. 내 아이가 자주 아프거나 특별한 진단명을 가지고 있다면 그 손가락은 유난히 아프게 느껴진다. 나에게는 둘째가 그런 손가락이다. 잔병치레가 잦았고 또래보다 병원을 더 자주 드나들어야 했다.

아이의 첫 번째 진단은 오목가슴이었다.

둘째가 6개월 무렵 친정에서 새근새근 잠들어 있는 아이를 바라보는

데 아이의 가슴이 이상해 보였다. 숨을 쉴 때마다 가슴이 움푹 들어갔다. 처음에는 아닌가 싶었다. 시간이 지날수록 점차 확신이 생겼다. 소아청소년과 검진에서 의사는 내 의심을 확인해 주었다. 둘째는 오목가슴이라는 진단을 받았다.

오목가슴은 흉곽이 비정상적으로 성장해 가슴뼈가 안으로 움푹 파이는 질환이다. 신생아 시절이나 아주 어릴 때 나타나는데 둘째의 경우 6개월 무렵 그 징후가 두드러졌다.

당시에는 특별히 해줄 치료가 없었다. 아이가 성장한 후, 너스 바(Nuss bar) 수술이라는 교정술을 받아야 했다. 수술을 기다리는 몇 년 동안 늘 둘째의 가슴을 지켜보며 걱정을 놓지 못했다. 아이의 가슴이 점점 더 들어가는 모습처럼 느껴졌다. 4세 때 대학병원 진료를 보고 2년 정도 더 기다리자는 이야기를 들었다. 그때 수술까지는 필요 없다는 의사의 이야기를 듣고 좋았는데 6세 때 진료를 보러 갔을 때는 보자마자 수술을 받아야 할 것 같다고 했다. 정밀 검사를 받고 본격적인 치료 계획이 세워졌다.

엄마로서의 무력감과 수술의 시간

둘째가 6세가 되었을 때 수술하게 되었다. 수술 당일 아이를 수술실에 보내며 느꼈던 불안감은 지금도 생생하다. 비록 간호사로서 병원의 환경과 절차를 잘 알고 있어도 엄마로서 마음은 그와는 전혀 다른 것이었다.

차가운 수술대 위에서 아이 혼자 겪어야 했을 고통을 알고 있었기에 더욱 마음이 아팠다. 수술실 들어가기 전 마취 주사약을 맞고 잠들어 들어가는 아이의 모습을 보며 많은 눈물을 흘려야 했다. 3시간 정도의 시간이 흘렀는데 그 시간이 30시간처럼 느껴지고 회복실에 나와서도 보호자를 찾지 않아 불안감이 더욱 커지고 있었다. 수술실 앞에서 초조히 기다리는데 전문 간호사가 나와 설명해 주었다. 다행히 수술은 성공적으로 끝났다.

회복실에서 진통제를 맞고 자고 있어 부르지 않았다는 말에 안심할 수 있었다. 병실로 돌아와 처음에는 마취 기운에 아파하지 않았다. 저녁이 되면서부터 통증을 느끼는 듯했다. 아이의 움직임 하나에도 예민해졌고 숨소리 하나에도 귀 기울이는 시간이었다. 다행히 하루하루 지나갈수록 회복하는 모습이 보였다.

처음에는 가슴이 아파 펴지 못해 할아버지처럼 구부정한 자세로 걸어 다녔다. 통증보다 둘째를 힘들게 했던 건 변비였다. 전신마취 후에 장 기능이 돌아오지 않아 변비에 걸려 이틀 정도 고생했다. 핫팩을 해보고 관장도 해보았으나 효과가 없었다.

하는 수 없이 핸드폰 영상을 보여주며 병동을 10바퀴 이상 걸어 다녔더니 바로 효과가 나타났다. 병원에서 수술 후 조기 이상과 운동을 권장하는 이유를 아이의 경험을 통해 몸소 체험해 볼 수 있었다. 변비가 해결되자 아이는 불편함 없이 나머지 입원 생활을 잘 보낼 수 있었다. 수술 후 둘째의 얼굴은 전보다 한층 편안해 보였다. 밥도 잘 먹고 유치원 생활도 적극적으로 참여하며 무리 없이 잘 지냈다. 아이의 정상적인 활동 모습을 보면서도 나의 엄마로서 죄책감은 쉽게 사라지지 않았다.

둘째가 오목가슴이라는 진단을 받았을 때부터 지금까지 계속해 나를 탓했다. 임신 중 둘째는 유독 태동이 심했다. '내 배 안이 좁았던 것일까? 그래서 아이가 눌려있어 가슴이 그렇게 된 것은 아니었을까?' 혹은 '임신 후반부 심한 감기로 복용했던 약 때문은 아니었을까?' 등 여러 가지 이유를 떠올리며 자책했다.

수술 후 2년 뒤 제거 수술을 시행했고 지금도 살짝 모양이 다시 들어가기는 했으나 예전 모습은 아니어서 다행이다. 아이도 자기의 몸이 약하다고 느끼는지 최근에는 검도 학원, 집에서 자세 교정 등을 함께 해나가며 건강하게 성장하고 있다. 아이의 아픔 앞에서는 아무리 주변의 위로를 들어도 마음이 쉽게 가라앉지 않는 것이 엄마의 마음이다.

계속되는 걱정: 또 다른 아픔들

오목가슴 수술 후 나아가는 듯했을 무렵 아이의 다리를 보며 또 다른 이상을 발견했다. 아이의 두 무릎 아래 종아리뼈가 이상하게 휘어 보였다. 한 번 아팠던 아이기에 더욱 민감해진 내 눈에는 사소한 것 하나도 지나칠 수 없었다. 내가 일하는 병원 소아정형외과 진료를 보았다.

엑스레이 결과 다리가 실제로 휘어진 상태지만 성장기라는 점에서 경과를 지켜보자는 결론이 났다. 그즈음 안과에서도 간헐적 외사시라는 진단을 받았다. 시력이나 각도 문제로 당장 수술은 필요하지 않았으나 정기적으로 검진받고 추적 관찰해야 했다. 이렇게 아이는 한두 곳이 아닌 여러 분야 정기 진료를 보아야 하는 상황이 되었다. 아이의 건강에 있어서 엄마의 걱정은 끊이지 않았다. 지금도 다리와 안과는 정기적인 검사와 관찰을 통해 아직 수술이나 특별한 치료 없이 잘 생활하고 있다. 앞으로의 정기적인 관찰에서 또 다른 무언가가 발견될 수도 있겠지만 아이와 잘 협력해서 이 위기도 슬기롭게 이겨 내고 싶다.

엄마의 성장: 아픔을 통해 배우는 것들

아이의 아픔을 지켜보는 일은 엄마로서 가장 어려운 일이다. 아픈 손가락 하나하나를 돌보는 과정에서 '차라리 내가 아팠다면 좋았을 텐데.'라는 생각을 수도 없이 했다. 간호사로서 다른 아이들을 치료하며 무덤덤하게 느꼈던 순간들이 있었지만 내 아이의 문제 앞에서는 무력감과 안타까움이 앞섰다. 둘째의 아픔을 통해 나의 간호사 생활에서 다른 부모들의 마음을 더 깊이 이해하게 되었다. 보호자들이 왜 간절한 마음으로 의사를 찾는지 아이를 맡기는 일이 얼마나 두려운 일인지 이제는 알 수 있다. 이 경험은 나를 환자와 보호자의 마음을 이해하는 간호사로 만들어 주었다. 병원에서 마주치는 아픈 아이들 하나하나를 보며 그들의 엄마 같은 마음으로 다가가고 있다. 내 아이의 아픔을 겪으며 그들의 불안을 덜어주고 정서적으로 지지하며 내 아이를 대하듯 진심으로 다가가게 된 계기가 되었다.

아픔 속에서 함께 성장하기

아픈 만큼 성숙해진다는 말처럼 나도 아이도 병과 어려움을 겪으며 성장해 왔다. 신체적인 아픔은 우리의 마음을 단단하게 만들어 주었다. 나에게는 부모로서의 더 큰 책임감을 일깨워 주었으며 아이의 곁에서 필요한 모든 것을 제공하고 아이의 밝은 미래를 위해 함께 나아가고 있다. 아이의 아픔은 엄마에게 큰 시련이지만 그 과정에서 더 깊은 사랑과 이해를 알게 된다.

아픈 손가락을 통해 단지 아픔만이 아니라 마음까지도 치유받을 수 있는 흉터 연고를 선물 받았다.

너무 잘하는 너라서

아이의 능력이 자라날수록 엄마의 욕심이 늘어간다.

첫째가 초등학교에 입학하는 동시에 우리 가족은 '공부'라는 긴 여정을 시작하게 되었다. 처음에는 단순히 책을 읽고 학교생활을 돕는 일이 주를 이뤘다. 학원도 피아노, 미술 등 예체능 계열의 흥미 위주로 다녔다. 우연히 알게 된 영어 과외 선생님 덕분에 새로운 배움의 세계를 접하게 되었다.

영어는 세계적인 공용어로 아이에게 더욱 중요한 학문이라는 생각이 있었기에 다른 공부에 비해 일찍 시작하게 되었다. 영어 유치원부터 시작하는 아이들과 비교하면 이른 편도 아니었다.

첫째는 영어의 기초부터 하나씩 배워갔다. 파닉스부터 시작했던 공부는 1학년 여름방학 특강을 통해 더 많은 가능성을 발견하게 되었다. 선생님은 아이의 언어적 능력을 금세 알아보았고 나 역시 아이의 뛰어난 집중력과 이해력을 들으며 욕심이 커졌다. 아이의 학습 능력은 가히 놀라웠다. 스펀지처럼 선생님이 가르쳐 주는 내용을 그대로 흡수했다. 읽기와 듣기, 쓰기와 말하기 모든 영역에서 빠르게 성장했다. 과외 시간이 끝나면 아이는 자발적으로 복습했다. 그 모습에 감탄했다. 한편으로는 '이 아이의 잠재력이 어디까지일까?'라는 의문과 함께 내 안의 아이에 대한 기대가 자라났다. 특히 기억에 남는 일은 발표 숙제였다. 선생님은 발표 능력을 키우기 위해 아이에게 동네에서 모르는 사람들에게 발표하고 평가지를 받아 오는 숙제를 내주셨다.

처음 숙제를 접했을 때 나도 막막했다. 아이에게 맡기기에는 힘든 일이었기에 함께해야 했다. 주말 아침, 지인을 시작으로 놀이터의 고등학생들에게까지 도움을 요청하며 하나씩 숙제를 해결해 갔다. 처음에는 수줍고 어색해서 개미 목소리로 발표를 시작했는데 마지막 발표 때는 놀이터에 있던 사람들이 다 쳐다볼 정도로 큰 목소리가 되어 있었다. 아이에게 자신감이 생기는 숙제였다. 지금에 와서 돌이켜보면 서로가 용감했기에 가능했던 일이었다. 그때 한 고등학생이 아이에게 해준 말이 아직도 기억 속에 남아 있다.

"나도 어릴 때 엄마가 시켰었는데 너처럼 자신감 있게 하지 못했어. 너는 목소리도 크고 발표도 너무 잘하네. 너를 보며 어린 시절 내가 생각났어. 그 마음 잊지 않고 노력해 봐. 응원할게!"

그날 이후 발표 숙제를 완벽히 끝낸 아이는 칭찬받았고 자신감도 한층 더 올라가게 되었다. 또한, 영어에 대한 흥미도 더욱 커졌다. 영어 실력은 빠르게 향상됐지만 이러한 성장은 점차 부담되기 시작했다.

3학년이 되면서 상황이 달라졌다. 늘어난 학습량과 아이가 느끼는 부담감이 가족 간의 갈등으로 이어졌다. 어린 나이에 놀이와 학습의 균형을 잡아야 했던 아이는 점점 스트레스를 받기 시작했다. 우리는 보이지 않는 신경전 속에서 대립하고 있었다. 그 모습을 지켜보는 신랑도 아이에게 과한 일인 것 같다며 나를 채근하기 시작했다. 아이의 학습으로 인해 가족 간의 의견충돌이 생기고 순간 화목했던 가정의 평화에 금이 가고 있었다.

아이의 힘들어하는 모습을 보면서도 욕심이 앞섰기에 멈출 수 없었다. 힘든 모습을 지켜보는 일보다 내 안의 욕심을 채우기에 급급했다. 아이를 나의 소유물로 착각하고 행동했다. 그렇게 배움을 이어가던 아이는 4학년 무렵부터는 영어에 대한 권태감을 드러냈다. 이전처럼 학습을 즐기지 못했고 선생님과의 수업도 예전만큼 신나 보이지 않았다.

아직 초등학생인 아이가 중학 문법, 고등 단어를 외우는 상황이었다. 그 당시에는 당연하다고 생각했다. 지금 와서 돌이켜보니 아이의 힘듦은 당연지사였다. 아이에게 영어가 언어가 아닌 학습하는 공부가 되어버린 상황에서 나는 새로운 방향을 고민하기 시작했다.

아이가 언어를 즐기길 바랐다. 영어는 아이에게 하나의 '숙제'가 되어 있었다. 결국, 아이는 선생님과의 인연을 정리하고 다른 학원에 다니기로 했다. 아이의 영어 학습에 있어 공부가 아닌 언어로 배워가는 여정은 다시 시작되었다. 그 당시 생각을 전환할 수 있었던 원동력 중 하나는 독서를 통한 자기반성, 육아 성찰이었다. 교육서, 심리서, 육아서 등을 읽으며 아이의 마음을 이해하기 위해 노력했다.

나의 잘못된 공부 접근법을 재점검했다. 그동안 나의 욕심으로 아이를 힘든 수렁에 빠져 있게 했던 일 같아 가슴 한 곳이 아려왔다. 늦게라도 아이의 어려움을 인지하고 새로운 계획을 세울 수 있었음에 감사한다.

엄마의 욕심이 아이를 지치게 하다.

첫째는 언제나 모범적인 아이였다. 학교나 학원 어디에서도 문제를 일으키지 않았다. 늘 성실히 자신의 맡은 일을 해냈다. 그런 모습에 나의 기대치도 점점 높아졌다. 아이가 뛰어난 학습 능력을 보일 때마다 내 안의 욕망이 얼굴을 드러내 보였다.

초등학교 저학년에 맞지 않는 학습량을 공부했다. 나도 모르는 사이 아이를 더 채근하고 있었다. 그러던 중, 방문학습지 선생님이 상담을 요청했다.

"어머니, 사실 아이가 숙제를 조금씩 빼고 있었어요. 이번에는 너무 많은 양을 빼서 말씀드려야 할 것 같아요."

숙제를 빼고 했다는 말에 깜짝 놀라 아이를 불러 다그치기 시작했다. 학습지 숙제 5장 중 3장을 버려둔 사실을 알게 되었다. 숙제를 버린 이유를 묻자, 아이는 책상 아래 상자에 고이 모셔둔 숙제를 내밀었다. 화가 머리끝까지 올라오는 동시에 한편으로 아이의 마음을 이해하려 잠시 숨을 고르고 생각에 잠겼다.

'얼마나 힘들었으면 이렇게 했을까?'

아이 마음에서 엄마는 나를 힘들게 하는 사람이라는 메아리가 머릿속을 맴돌았다. 스스로 자책하며 아이를 바라보았다. 혼이 날까 봐 얼어 있는 모습이 눈에 들어왔다. 말없이 아이를 꼭 안아주었다. 평소 시키는 대로 잘 따르던 아이가 조용히 반항한 이 사건은 나에게 깊은 울림을 선사했다.

배움에는 때가 있다

현재 대한민국의 아이들은 선행학습의 굴레 속에서 힘겨운 시간을 보내고 있다. 입시는 점점 치열해지고 '초등 의대 반', '7세 고시' 같은 극단적인 사교육 현상이 벌어지는 시대다.

나 역시 한때 아이가 가진 능력을 키우고 싶다는 욕심에 무리한 공부를 시켰다. 공부를 잘해야 세상에서 성공한다는 잘못된 생각을 나의 아이에게 쏟아붓고 있었다. 어른으로 살아가는 나의 삶에서도 다양한 사람들을 만나며 세상의 변화를 알고 있다. 그런 사실을 알면서도 나의 아이에게는 획일화된 삶을 살아가도록 종용하고 있었다. 책을 통해 이제는 생각이 달라졌다.

잘하는 아이를 보며 욕심을 부렸던 내가 한심스러웠다. 독서를 통해 모든 아이가 공부만을 위해 태어난 것이 아니다. 각자가 가진 재능과 잠재력은 다르다는 것을 다시 깨달았다. 그것을 발견하고 키워주는 일이 부모의 역할임을 마음에 새긴다. 물론 공부 잘하는 아이로 키우기 위한 책들도 다양하게 있다. 내가 읽은 육아서들은 공부 잘하는 아이보다는 스스로 성장하는 아이를 위한 지침서인 경우가 많았다. 이 책들은 생각의 전환을 하는 일에 큰 도움을 주었다.

나의 학창 시절 아쉬웠던 점이 다양성을 경험하지 못한 일이었는데 내 아이에게 다양성을 경험시키기보다 공부 잘하는 모범생으로 크길 바라고 있었다. 지금이라도 깨달음을 얻고 아이의 잠재력을 알아갈 수 있도록 지도하고 있다. 공부를 선택하게 될지라도 아이의 발달 능력에 따라 배움의 때가 있다는 사실도 알게 되었다. 과도한 선행학습은 능력이 되지 않은 아이에게는 시간 낭비일 뿐이다. 아이의 능력을 파악하고 그에 따른 학습의 속도를 조절하는 일이 엄마가 해야 할 일이다.

「과유불급」이라는 말처럼 과한 욕심이 아이를 무기력의 늪에 빠지게 할 수 있다. 아이와의 조율을 통해 미래를 그려 나가는 일이 엄마와 아이 모두에게 행복한 미래를 선물할 것이다.

'아이가 무엇을 좋아하고 어떤 방향으로 나아갈 때 가장 행복할 수 있을까?'에 대해 고민하는 엄마가 되고 싶다. 학업이든, 예술이든, 스포츠든 아이 스스로 속도와 방향을 잡고 성장할 수 있도록 기다리고 지지

해 주는 일이 나의 역할임을 알았다.

결론적으로 나의 욕심이 부른 시행착오를 통해 배운 점은 아이는 부모의 기대를 위해 살아가는 존재가 아니다. 자기의 삶을 살아가는 소중한 인격이다. 앞으로 아이의 속도와 마음에 더 귀 기울이며 아이가 행복한 미래를 꿈꿀 수 있도록 곁에서 지켜보고 응원하려고 한다.

부모의 섣부른 기대가 아이를 위험에 빠뜨리는 독이 될 수 있다.

우리가 코로나를 대하는 자세

팬데믹으로 인해 내 안의 인격들과 만나다.

2020년은 인류에게 있어 위기이자 전염병의 무서움을 알게 한 시기였다. 병원에 근무하는 나는 더욱 민감할 수밖에 없었다. 가족들의 동선 또한 문제가 될 수 있기에 우리는 최대한 집에서 생활하며 서로를 지켰다. 팬데믹 이전에는 쉬는 날 집에만 머문 적이 없었다.

활동적인 아이들과 바깥 활동을 주로 했던 우리 가족에게 주말을 온전히 집에서 보내는 일은 새로운 도전이었다. 10살, 7살의 에너지 넘치는 두 아이를 제어하기란 하늘의 별 따기였다. 각 가정이 실내 생활로 지쳐 있고 층간 소음에도 민감한 상황이었다. 아이들에게 정적인 놀이를 제공하려 노력했지만 이내 한계를 느꼈다. 그 과정에서 내 안에 이렇게 다양한 인격이 존재한다는 사실을 처음으로 깨닫게 되었다.

아침에 눈을 뜨면 나는 소리를 지르고 있었다. "조용히 해!" "그만 좀 뛰어!" 아이들은 놀란 토끼 눈으로 바라보며 잠시 멈추었다가 곧 언제 그랬냐는 듯 다시 뛰어다녔다.

이때부터 내 안의 다양한 인격들이 하나씩 실체를 드러내기 시작했다. 다정한 엄마로 하루를 시작하여 점심 무렵엔 화내는 불도저로, 오후에는 다시 상냥한 엄마로 돌아왔다가 저녁이 되면 무기력한 엄마가 되어버린다. 매일 나는 여러 얼굴을 가진 사람으로 살아가고 있었다. 무엇보다도 내 안에 이렇게 화가 많이 존재한다는 것을 깨닫고 스스로 놀랐다.

요리와의 끝없는 싸움

실내 생활은 아이들의 활동뿐 아니라 매 식사를 집에서 챙겨야 하는 어려움도 동반했다. 맞벌이 부부라는 핑계로 외식을 자주 했던 나는 매 끼니를 손수 준비하는 것이 버거웠다.

열심히 요리 실력을 키우기 위해 요리책을 사고 조리 기구도 새로 장만했다. 그 모든 노력이 내 요리 솜씨를 크게 발전시키지 못했다.

왜 똑같이 하라고 했는데 그 맛이 나지 않는 걸까? 어떤 날은 비주얼조차 망하는 경우도 많았다. 그나마 다행인 것은 아이들의 먹성이 좋아 어떠한 요리든 남김없이 먹어주었다.

요리에서 실패를 거듭하던 어느 날, 문득 아이들의 반응이 나를 위로하고 있다는 생각이 들었다. "엄마, 이거 진짜 맛있어!"라는 말은 요리가 마음에 든다는 뜻일 수도 있고 단지 나를 기쁘게 하려는 표현일 수도 있었다.

아이들의 순수한 마음이 내 부족함을 덮어주고 있었다. 나는 조금씩 요리에 대한 부담을 내려놓았다. 아이들과 함께 요리 과정을 즐기는 법을 배우기 시작했다. 재료를 손질하고 맛을 조절하는 시간을 통해 아이들과 소통할 수 있다는 사실을 깨달았다.

「자기 밥그릇은 타고 태어난다.」라는 속담이 생각났다. 음식 솜씨가 뛰어나지 않은 엄마 밑에서 자란 아이들은 그저 아무거나 잘 먹는 먹성을 갖추게 되는 것일까? 나는 그렇게 위안 삼고 요리에 대한 자신감을 잃지 않으려 애썼다. 그런 내 모습을 보고 남편도 도와주려 애썼다. 나보다 요리에 대한 감각이 있었던 남편은 주말에는 한 끼라도 요리해 주며 나를 쉴 수 있게 도와주었다.

그때 나와 신랑의 요리 실력의 차이를 발견하게 되었다. 신랑은 재료 준비부터 철저하게 요리법을 따라 했다. 나는 알려 주는 대로 하기보다는 알고 있던 방법에 모르는 부분만 요리법을 찾아봤다. 결국은 정량을 실천하지 않아 맛의 차이가 있었다.

지금은 예전보다 요리 실력이 일취월장했다. 나도 요리법을 따르려고 노력하니 맛이 살아나기 시작했다. 이제는 아이들이 나의 요리 실력을 평가해도 대수롭지 않게 넘기는 넉넉한 마음도 생겼다.

아이들의 공부와 사회생활

팬데믹이 길어지며 생긴 또 다른 문제는 아이들의 공부와 사회생활이었다. 초기에는 전염력이 강한 코로나로 인해 학교, 학원 등 모든 활동이 중단되었다. 시간이 지나면서 줌을 이용한 화상 수업이 재개되었다. 대면 수업에 익숙했던 환경에서 화상 수업으로의 전환은 쉽지 않았다. 집에서 아이들의 공부까지 챙겨야 하는 상황이 되자 나의 정신은 점점 혼미스러워졌다.

가장 힘든 점은 아이가 푼 문제를 채점하고 틀린 문제를 다시 봐주는 과정이었다. 퇴근 후의 짧은 시간은 항상 부족했다. 아이도 선생님 대신 엄마와 공부하게 되니 집중력이 흐트러졌다. 서로 지치고 짜증이 늘어갔다. 그럴수록 나의 엄마로의 역할을 돌아보게 되었다. 아이들에게 완벽한 교사가 될 필요는 없었다. 아이들은 나에게 지식적인 배움을 원하지 않았다. 틀린 문제를 설명해 주는 선생님의 역할이 아니라 그럴 수 있다고 다독여주는 엄마의 역할이 더 필요해 보였다.

아이들의 마음을 들여다보는 여유가 생기니 아이들이 나를 대하는 태도가 변하는 게 느껴졌다. 새로운 일을 겪으면서 시행착오를 하나씩 줄여나가며 서로를 이해하는 마음을 알게 되었다.

사회적으로 고립된 아이들이 또래 친구들과의 관계를 잃어가는 모습은 나의 마음을 더욱 안타깝게 했다. 아이들은 화면 너머로 친구들을 만났다. 그 만남은 단절된 느낌을 줄 뿐이었다. 우리는 집에서 가족 간의 소통을 강화하기로 했다. 매일 저녁 식사 후에는 간단한 보드게임을 하며 서로의 하루를 공유했다. 재잘거리는 아이들과 게임을 통해 규칙을 배워갔다.

게임 속에서 기다림, 정리정돈, 새로운 방법에 대한 탐구, 즐거움 등 기본적인 사항들을 알아갔다. 이러한 시간이 점점 쌓이며 아이들의 표정이 밝아지고 우리 가족은 새로운 연결 고리를 만들어갔다. 처음 겪어 보는 감염병 시대에 오히려 우리는 가족끼리 더 단단해지는 경험을 할 수 있었다.

아이들이 또래 친구들과 경험하는 3년이라는 시간이 없어진 일은 다시 생각해도 아쉽다. 지금도 둘째는 자신의 나이보다 2~3년 어린아이처럼 행동한다. 어른에게는 3년이라는 시간이 매일 흘러가는 일상일 수 있다. 성장하는 아이들에게 3년이라는 시간은 유년, 초등, 중·고등 시절 경험이 텅 비어버린 공간이 만들어지는 것과 같다. 3년, 그 어떤 금은보화와도 바꿀 수 없는 소중한 시간인데 추억 없이 지나가 안타까움이 크다. 지금의 아이들이 이 시간을 회상할 때 '그땐 그랬지'가 되어버렸다. 인생의 긴 여정에서 학창 시절 추억이 비어버린 안타까운 시간이다.

팬데믹이 남긴 것

팬데믹은 내게 수많은 도전을 던졌다. 동시에 나에게 자신과 마주할 기회를 주었다. 나는 완벽한 엄마도 요리 솜씨 좋은 사람도 성격이 온화한 사람도 아니다. 하지만 내 아이들과 함께 성장하고 있다. 나의 부족함을 인정하는 법을 배우고 있다. 힘든 시간이었다. 그 과정을 통해 엄마로서 그리고 한 인간으로서 더 깊이 성찰할 수 있었다. 가족의 의미를 다시금 생각하게 된 시간이기도 했다. 우리는 함께 있는 시간이 많아지며 갈등도 늘었다. 자주 부딪히면서 사소한 일에도 짜증을 내고 있었다. 처음에는 갈등을 겪었다.

반복되는 생활에서 나름대로 타협점을 찾았다. 서로 이해하고 배려하는 법을 배우기 위해 노력했다. 나에게는 이번 팬데믹이 단순히 견뎌야 할 시기가 아니라 새로운 가족 문화를 만들어가는 계기였다.

앞으로 육아 여정에서 돌아갈 수 없는 그 시절의 교훈을 잊지 않을 것이다. 함께 웃고 울며 만들어낸 추억을 발판 삼아 더욱 전진하는 우리가 되었다.

함께 하는 시간 속에서 우리의 추억을 만들었다.

사춘기, 너 뭐니?

사춘기는 어느 날 갑자기 찾아왔다. 그렇다고 마치 영화 속 장면처럼 극적으로 다가온 것은 아니었다. 아이가 조금씩 변하는 모습에서, 낯섦과 고민이 섞여 드는 순간들이 모여 이루어진 결과다.

첫째는 초등학교 5학년 무렵 코로나 시기가 끝나가며 정상적인 학교생활을 시작했다. 코로나가 끝나 갔지만 여전히 바이러스는 주변을 맴돌았다. 아이들은 오랜 기간 단체생활을 하지 못한 공백을 채워나가야 했다. 그동안 집에서 가족과 시간을 보내던 아이들이 한곳에 모이니 부딪히는 소리가 여기저기서 들렸다.

아이는 어린 시절 무던한 성격으로 친구들과 쉽게 어울리며 잘 지냈다. 고학년이 되면서 달라졌다. 여자아이들 사이의 미묘한 감정싸움과 보이지 않는 시기와 질투가 모습을 드러냈다.

그 안에서 아이는 조금씩 변해갔다. 2학년 때 작은 갈등을 겪었던 경험이 있었기에 아이의 변화에 민감하게 반응하고 있었는지도 모른다.

아이의 변화는 어디서부터 시작되었을까?

학기 초, 일상적인 생활들로 시간이 흘러갔다. 몇 주가 지나면서 아이의 표정이 어두워졌다. 집에 돌아와 학교 이야기를 거의 하지 않았다.

"학교에서 무슨 일이 있었니?"라고 물어보아도 아이는 고개를 저으며 대답을 회피했다. 시간이 지날수록 아이의 침묵과 짜증은 빈번해졌다.

사실 나는 아이의 이야기를 잘 들어주는 엄마가 아니었다. 오히려 "왜 그랬어?", "네가 좀 더 잘했으면 됐잖아."라는 말로 아이를 몰아세우곤 했다. 어릴 때부터 아이에게 예의와 책임감을 강조하며 키웠다. 타인에게 받는 비난을 엄마인 내가 견디지 못했다. 아이를 안전, 예의라는 테두리 안에 가두고 키우고 있었다.

하루는 아이가 울음을 터뜨리며 말했다.

"엄마는 왜 맨날 나한테만 뭐라 해? 다른 애들도 엄마 없으면 욕도 하고 나쁜 짓도 하는데, 나만 나쁘다고 해."

"다른 애들이 그런다고 너까지 그러는 건 아니지!"

그 순간에도 아이를 탓하고 있었다. 내가 옳은 얘기를 한다고 믿었다. 남편이 그 대화를 듣고 던진 한마디가 내 생각을 흔들었다.

"왜 아이를 당신 기준대로 하려고 해? 아이도 자기 생각이 있어. 자기 방식대로 커야지. 당신 꼭두각시가 아니잖아."

나를 돌아 보다.

남편의 말은 처음에는 화를 불러일으켰다.

'내가 아이 잘되라고 한 말인데 왜 나를 몰라주는 거야?'라는 생각이 들었다. 시간이 지나며 '나의 행동이 진심으로 아이를 위하는 일인가? 내 마음의 위안과 평안을 위해 틀 안에 맞추고 있던 것은 아닌가?' '나는 정말로 아이를 위해 행동했던 것일까? 내 방식이 옳다고 믿었기에 아이를 강요했던 걸까?'

그때부터 아이보다 나를 돌아보기 시작했다. 평소 아이에게 쏟아낸 말들이 떠올랐다. "공부 좀 더 열심히 해야지.", "왜 이것도 제대로 못해?", "엄마가 몇 번을 말했어!" 이런 말들이 아이에게 어떤 감정으로 다가갔을지 생각하니 가슴이 답답해져 왔다.

아이가 성장하며 나의 욕심이 자라고 서로를 힘들게 하는 주춧돌이 되어 우리를 짓누르고 있었다. 아이의 짜증과 반항은 단순히 사춘기 탓이 아니었다. 내가 쌓아놓은 높은 벽과 아이가 부딪히며 울부짖는 메아리였다.

2학기가 시작되자 아이의 짜증과 반항은 더욱 심해졌다. 아침이면 "왜 또 깨워"라고 화를 내고 사소한 부탁에도 거친 반응을 보였다. 주말이면 함께 시간을 보내기보다 방에 틀어박혀 시간을 보내는 일이 늘었다. 대화하려 하면 짧은 대답만 돌아왔다. 마음을 열려는 기색조차 보이지 않았다. 얽혀 있는 실타래를 어떻게 풀어야 할지 매듭이 보이지 않았다.

처음에는 이런 변화를 받아들이기 어려웠다. 부모로서 아이가 힘들어하는 모습을 보며 걱정이 앞섰다. 동시에 예의 없는 행동을 보면 화도 치밀었다. 그렇게 화를 내고 소리를 지른 뒤에는 또 후회가 몰려왔다. 아이가 커갈수록 정신적인 고통이 따른다는 선배 맘들의 이야기가 귓가에 맴돌았다.

여러 고민 끝에 작은 변화를 시도해 보기로 했다. 남편의 조언, 인터넷 검색, 육아서 등에서 알게 된 내용들을 하나씩 실천해 보았다.

우선 질문하기보다 기다려 보기로 했다. 중학생 정도가 되면 아이들은 '몰라요.'를 입에 달고 산다고 한다. 부모의 질문에 아이가 하는 '몰라요.'에는 2가지 뜻이 있다. '낚이기 싫어요'와 '말하기 싫어요'이다. 부모의 질문에 대답하다 보면 꼬리에 꼬리를 무는 질문의 덫에 빠지기 싫은 아이의 마음이 '몰라요.'를 남발하게 한다. 또한 아이도 비밀이 있는데 부모는 아이의 생활이 궁금하기에 질문하고 아이는 '몰라요.'로 응수한다.

아이가 스스로 대화하려 할 때까지 참는 것이 쉽지 않았다.

아이의 공감과 감정 상태를 알 수 있는 책을 찾아 읽고 아이의 사소한 변화도 알아보며 나를 다스리고 아이를 위해 열린 마음으로 이야기를 들어주고 공감하고자 노력했다.

책에서 알게 된 사실은 아이가 진심으로 원하는 것은 내 충고가 아니라 "그랬구나."라는 공감과 위로였다.

그다음 아이보다 나의 감정을 먼저 읽어보기로 했다. 아이의 잘못 앞에 엄마의 감정이 앞서면 아이가 불안에 떨게 된다. 이러한 상황이 반복되면, 아이는 정서적으로 불안해지고 타인의 눈치를 보는 아이로 성장하게 된다.

책을 읽으며 아이에게 집중하는 것이 아니라 나에게 집중하기 시작했다. 어느새 내 손에는 육아, 심리 책들이 들려 있었다. 아이에 관한 관심이 줄어드니 자연스레 아이에게 화를 내는 빈도가 줄어들었다. 아이도 나의 변화를 감지하고 있음이 느껴졌다.

책을 통해 많은 부분이 개선되고 있었다. 그럼에도 부족한 부분이 있었기에 마지막은 심리 상담 기관을 이용해 보기로 아이와 이야기했다. 아이도 심리적으로 힘들었는지 나의 제안을 쉽게 받아들였다. 아이와 함께 2-3개 정도 심리 상담 기관을 알아보고 최종적으로 구에서 운영하는 센터에 다니기로 했다.

미술 상담을 6개월 다니며 아이가 안정을 찾아감을 느낄 수 있었다. 처음보다 한결 밝아진 아이의 모습을 보니 나도 마음이 놓이기 시작했다. 모든 불안함이 해소된 건 아니지만 상담을 통해 불안을 해소하는 방법을 배우고 노력하는 모습이 대견스럽게 보였다.

나도 아이도 또 한고비 넘기며 지나감에 감사함을 느꼈다. 중간에 다시 심리적 위기가 찾아왔을 때는 아이가 먼저 상담을 다시 받아보고 싶다고 요청하였다. 스스로 한계를 인정하고 도움을 받으려는 아이의 모습에서 잘 성장하고 있음을 느꼈다.

작은 변화 그리고 희망

어느 날 저녁, 아이가 내게 다가와 툭 던지듯 말했다.

"엄마, 오늘 학교에서 좀 짜증 났어."

"그래? 어떤 일이 있었는데?"

"아니야. 그냥"

아이는 고개를 돌렸다. 무언가 나에게 이야기하려다 말고 다시 돌아섰다. 비록 이야기하지 않았으나 이 일은 작은 시작이었다. 부끄러워 말하지 못한 이야기들이 아지랑이처럼 피어나고 있었다.

그날 이후 나의 태도는 더욱 신중해졌다.

"오늘 어땠어?" 같은 먼저 건네는 질문이 아이에게 부담이 될 수도 있다는 생각이 들었다.

"엄마는 언제든 너의 이야기 들을 준비가 되어 있으니 필요하면 요청해 줘."라고 말했다.

아이가 침묵을 지킬 때는 조용히 기다리고 가끔 아이가 먼저 말을 꺼내면 그저 들어주는 것으로 만족했다.

그러던 어느 날, 아이가 학교 친구와의 문제를 털어놓았다.

"엄마, 나 요즘 좀 신경 쓰이는 친구가 있어."

"왜 그 친구랑 무슨 일이 있었어?"

아이의 표정이 잠시 흔들렸다. 시간을 갖고 기다렸다. 천천히 아이가 생각을 털어놓기 시작했다. 아이는 친구와의 문제를 어떻게 해결해야 할지 고민하고 있었고 이야기하는 동안 나의 반응을 유심히 지켜보고 있었다.

말없이 아이의 두 손을 꼭 잡았다. 불안한 눈으로 바라보는 아이에게 말없이 다가갔다. 기다려 주는 순간에 아이는 생각을 정리하고 이야기했다.

"응 그냥 무언가 답을 찾기보다는 마음이 답답했어. 엄마한테 이야기하니 한결 편해지네."

이 순간을 통해 아이에게는 해결책이 아니라 자신을 이해하는 누군가의 공감이 필요하다는 사실을 새삼 느끼게 되었다. 그날 이후로 아이는 가끔 먼저 내게 다가와 소소한 이야기를 하곤 했다.

"오늘 친구랑 재미있는 일이 있었어."

"학교 숙제가 좀 어려워"

짧고 가벼운 대화였다. 그 안에는 우리가 다시 연결되고 있다는 믿음이 자리 잡고 있었다. 작은 변화들이 쌓여 가며 희망을 보기 시작했다. 사춘기의 아이가 내미는 작은 손길을 잡아주며 그 손을 맞잡고 다시 앞을 보고 나아가고 있었다.

사춘기와 함께 성장해 나가다.

사춘기를 겪는 아이와 부모는 함께 성장한다고 믿는다. 아이는 자신의 감정을 탐색하며 스스로 이해하려 하고 부모는 아이의 변화 속에서 새로운 관계의 가능성을 모색해 본다.

나는 여전히 완벽한 엄마는 아니다. 하루는 아이가 아침부터 짜증을 부리며 "엄마는 맨날 잔소리만 해!"라고 외쳤다. 처음엔 억울하고 화가 치밀었다. 버럭 큰소리를 내고 싶은 마음이 들었다. 잠시 생각해 보는 시간을 가졌다. 내가 아이에게 왜 그런 말을 들었는지 알 것 같았다. 마음을 다스리고 아이에게 진심으로 말했다.

"엄마 말이 잔소리처럼 들렸구나. 미안해. 엄마도 가끔 어떻게 말해야 할지 몰라서 그런 것 같아."

그러자 아이가 조용히 고개를 끄덕이며 방으로 들어갔다.

물론 모든 날이 그런 순조로운 대화로 이어지진 않는다. 하루는 내가 화가 나서 소리쳤고 아이는 문을 쾅 닫으며 방으로 들어가 버렸다. 마음을 진정시키고 아이 방문 앞에 섰다.

"엄마가 화내서 미안해. 마음이 풀리면 이야기하자."

묵묵부답이었다. 그날 밤 조심스럽게 나를 찾아와

"엄마도 힘들지?"라고 물었다. 그 한마디가 가슴에 꽂히며 하염없이 눈물이 흘렀다. 그날 밤은 서로를 안고 소리 없이 울었다.

이런 순간들은 내가 부족하더라도 아이와 함께 성장하고 있다는 믿음을 주었다. 사춘기는 힘든 시기만은 아니다. 부모와 자녀가 서로를 더 깊이 이해할 기회를 만들어 주는 새로운 관계의 시작점이 되기도 한다. 사춘기는 여전히 낯설고 어렵다. 어떤 날은 좌절하고 때로는 내가 맞는 길을 걷고 있는지 혼란스러울 때도 있다. 하지만 아이와 나 그리고 우리 가족은 이 시간을 통해 더 단단해지고 있다. 서로를 이해하며 더 끈끈한 가족애로 튼튼한 울타리를 만들어 나가고 있다.

사춘기야, 너는 아직 풀리지 않은 숙제처럼 느껴지지. 너로 인해 우리는 더 가까워지고 있어. 너와 함께 성장하는 이 시간이 힘들면서도 고맙다.

내가 찾은 책 육아

책 육아 시작

첫째가 웹툰에 빠져들기 시작하며 종이책 읽는 빈도가 현저히 줄어들었다. 나조차도 1년에 책 한 권을 읽지 않았던 시기였다. 그랬기에 아이들에게 독서를 권유하기가 부끄러웠다.

"아이의 행동을 변화시키려면 부모가 먼저 실천해야 한다."

부모도 실천하기 어려운 일들을 아이에게만 강요하는 일은 설득력이 없다. 알고 있는 사실임에도 불구하고 어려운 일이었다. 아이들의 독서 습관을 위해 '나부터 변하자'라는 마음으로 독서 모임에 들어가게 되었다. 그 선택은 우리 가족에게 새로운 세상을 보는 눈이 되어 주었다.

나부터 책과 친해지기

책과 친해지는 일은 어려웠다. 책 속에 펼쳐진 하얀 바탕 위에 검은 글씨는 나에게 의미 없는 글자로 다가왔다. 책을 펼쳐 들고 꿈나라로 가는 일이 대부분이었다. 집중이 되지 않으니, 책의 내용이 머릿속에 들어올 리 없었다. 그렇게 하루, 이틀 보내며 책 읽는 엄마의 모습을 보여 주려 안간힘을 쓰고 있던 어느 날, 책을 들고 잠들어 있는 나를 흔들며 둘째가 말했다.

"엄마, 왜 그러고 자고 있어요? 그냥 편히 주무세요."

"아니야. 엄마 책 읽어야지."

지금 생각하면 웃음이 난다. 책을 들고 졸고 있는 엄마를 보며 아이는 무슨 생각을 했을까?

그 모습이 아이에게 독서의 의미를 알게 할 수 있었을까?

무던히 노력하던 나에게도 책에 눈을 뜨는 시간이 찾아왔다. 습관이 되지 않아 힘들었을 뿐이었다. 하루에 잠시의 시간이라도 책을 가까이 하니 눈에 들어오기 시작했다.

첫 번째로 집어 든 책들은 자기계발서와 육아서였다. 아이들의 교육에 대해 고민하던 때였기에 자연스럽게 육아서로 시작하게 되었다.

'유대인 자녀 교육에 답이 있다.', '정신과 의사에게 배우는 자존감 대화법' 같은 책들은 나를 엄마로서 한층 더 성장시켜 주었다. 왜 진작 이렇게 좋은 책들을 모르고 육아를 했던 것인가라는 자책까지 들었다. 그동안 흘러간 시간이 너무 안타깝게 느껴졌다. 그러면서 아이가 어린 시기에 책 육아를 시작한 다른 엄마들을 보며 축복받은 사람이라고 생각했다.

책을 통해 감정을 다루는 법도 배우고 그동안 내가 아이들에게 한 육아와 훈육의 방법이 맞지 않았다는 사실을 알게 되었다. 내가 책 육아에 빠져들었던 이유는 첫째가 사춘기의 문턱에 서 있던 때라 아이의 감정을 읽어 내고 공감하는 방법을 배우는 일이 절실했다. 뒤늦은 감이 없지 않았으나 한 권 한 권 책을 읽으며 작은 변화가 시작되었다.

그 과정에서 교육을 향한 관심도 더 깊어졌다. '초등 6년 공부, 하브루타로 완성하라', '아이 마음 읽는 엄마, 교육 정보 읽는 엄마' 등 다양한 책들이 내 독서 리스트에 추가 되었다. 한동안은 아이를 위한 책들을 주로 읽었다. 그 이후 소설, 에세이 등 내가 좋아하고 쉽게 읽을 수 있는 책을 접하게 되니 더 편안한 독서를 할 수 있게 되었다.

아이들에게 독서의 즐거움 알려 주기

아이들에게 무조건 책을 읽기보다 책을 통한 다양한 경험을 알려 주고 싶었다. 첫째는 고학년이 되며 쇼츠, 웹툰 등을 접하고 책을 멀리하게 되었다.

책을 읽을 때 자신이 관심이 가는 분야를 읽을 수 있도록 유도했다. 처음에는 관심이 없었지만, 아이도 스며들고 있었다. 둘째는 아직 어렸기에 잠자리 독서, 책으로 집 만들기, 도서관에서 하는 체험활동들을 통해 조금씩 책과 가까워지고 있었다. 아이들이 잠시나마 책을 접하는 환경을 만들기 위해 노력했다.

책을 읽으며 깨달았다. 아이를 잘 키우는 방법은 한 가지가 아닌 복합적인 요소들의 집합체임을 알 수 있었다. 독서를 통해 얻은 깨달음들은 나를 새로운 길로 이끌었다. 무엇보다 이 모든 일들은 독서에서 끝나는 게 아니라 실천을 통해 나와 아이들의 삶에 접목하는 일이 중요했다.

둘째는 첫째와 달리 상대적으로 수월했다. 아직 웹툰이나 스마트폰에 깊이 빠져들기 전이었다. 나의 이야기에 귀를 기울이며 따라와 주었다. 하지만 첫째는 이미 웹툰이라는 새로운 세계를 만난 뒤였다. 다시 종이책으로 돌아오게 하려면 인내와 시간이 필요했다. 아이가 책을 흥미롭게 읽을 수 있는 환경을 만들기 위해 고민하고 노력했다.

예를 들어, 첫째가 관심을 가질 만한 주제의 책들을 찾아보며 자연스럽게 접근하려 했다. 함께 서점을 방문해 다양한 책을 탐색하고 스스로 선택하는 시간도 가졌다.

소설을 좋아했기에 아이가 좋아할 소설을 중심으로 추천해 주기도 했다. 청소년 소설, 웹툰 중 종이책으로 나온 책들도 사서 종이책으로 유도하려고 애썼다. 처음에는 구매하고 읽지 않는 횟수가 많았으나 차츰 가족이 함께 책 읽는 시간도 만들고 독서 통장도 만들어가며 아이도 책을 다시 손에 넣기 시작했다.

현실과의 조율

책 육아를 시작하며 부딪힌 또 다른 걸림돌은 내 직업이었다. 나는 간호사로 일정하지 않은 근무시간 속에서 살아가고 있었다. 근무로 인해 때로는 아이들과의 약속을 지키지 못하기도 했다. 녹초가 되어 퇴근한 날은 책을 펼치는 일이 불가능했다. 남편 역시 퇴근 후, 살림과 아이들 공부와 독서까지 돌보기는 쉽지 않은 일이었다.

포기하고 싶은 순간이 수도 없이 찾아왔다. 출퇴근 시간 조금씩 읽었던 책들이 나를 다독이며 붙잡아 주고 있었다. 힘들어도 아이들과 나의 발전을 위해 독서의 끈을 놓을 수 없었다.

책 육아를 아이들의 일상에 스며들도록 작은 목표를 세워 실천해 나갔다. 예를 들어, 매일 잠들기 전에 단 10분이라도 함께 책을 읽는 시간을 가지려 노력했다. 아이들이 먼저 책을 들고 찾아와 읽어 달라고 하는 날도 있었다.

아이들의 변화를 보며 힘들어도 책 읽기를 이어 나갈 수 있는 원동력이 되어 주었다. 어느 순간 이 10분이 하루를 마무리하는 중요한 의식으로 자리 잡게 되며 나와 아이들 모두에게 안정감과 즐거움을 주었다.

작은 발걸음에서 큰 변화로

책 육아는 단순히 아이들에게 책을 읽게 하는 것에서 끝나지 않았다. 그것은 나 자신을 성장시키고 아이들과의 관계를 새롭게 하는 계기가 되었다.

첫째가 다시 종이책에 흥미를 보이기 시작했을 때 이 여정을 시작한 나를 칭찬할 수 있었다. 둘째와는 책을 통해 새로운 주제를 이야기하고 PPT 자료를 만들어 발표하는 시간도 가질 수 있었다. 그 시간을 통해 아이들이 토론이나 자신의 의견을 말할 수 있는 시간이 되기도 했다.

처음에는 짧게 끝났다. 지금은 주제도 다양해지고 있다. 또한, 가족회의가 필요할 시에는 요청하여 서로가 조율할 일들은 함께 의논해 나가며 맞춰 가고 있다. 이 시간을 통해 아이들은 학교에서 발표 시간에 두려움 없이 주도적으로 참여하고 있다.

물론 지금도 완벽한 책 육아를 실천하고 있다고 말할 수는 없다. 중요한 것은 긍정적인 방향으로 나아가고 있다는 점이다. 천천히, 꾸준히 우리 가족은 성장하고 있다.

이 모든 과정에서 나는 책이 단순한 도구가 아니라 삶의 동반자가 될 수 있음을 알게 되었다. 그리고 언젠가 아이들이 성장해 나만의 길을 걸어갈 때 그들이 책을 통해 얻은 지혜와 감정을 바탕으로 더 넓은 세상으로 나아갈 수 있음을 확신한다.

종이책이 좋은 점

아이들과 책 육아를 시작하고 종이책의 매력에 흠뻑 빠져들었다. 요즘은 전자기기를 접하는 경우가 많아 전자책을 보는 사람도 많다. 옛것을 좋아하는 나는 종이책 넘기는 촉감이 좋아 종이책을 고집하고 있다. 전자책을 사용해 보았는데 집중이 잘되지 않는 느낌이다.

아이들도 서점에서 스스로 책을 고르고 여러 번 읽을 수 있다. 원할 땐 언제든 꺼내 볼 수 있다. 책에 밑줄도 긋고 낙서도 할 수 있어서 좋다.

종이책이 좋은 이유는 여러 가지가 있다.

감각적 경험을 할 수 있다 : 종이의 질감과 무게감은 독서의 몰입감을 높일 수 있다. 종이책에서 나는 특유의 냄새, 표지와 삽화 등은 시각적인 즐거움을 준다.

눈 건강 : 화면에서 나오는 블루라이트가 없어 눈의 피로를 줄여 준다. 자연광에서도 읽기 편하며 장시간 독서에도 부담이 덜하다.

집중도 향상 :종이책은 디지털 기기처럼 광고로 인해 방해받을 일이 없다. 물리적인 페이지 넘김은 독서 흐름을 유지하게 지탱해 준다.

소장 가치 : 책장은 독서 기록이자 추억을 쌓는 공간이다. 좋아하는 책을 소유할 수 있는 만족감이 생긴다.

사용의 자유로움 : 배터리 걱정 없이 언제 어디서나 읽을 수 있다. 여행이나 잠깐의 나들이에서도 편하게 휴대할 수 있다.

환경적 의미 : 한 번 제작된 종이책은 전기나 기기 없이도 오래도록 읽을 수 있어 에너지를 절약할 수 있다. 오래된 책을 재사용하거나 물려줄 수 있어 지속 가능성이 있다.

종이책의 좋은 점 중에서 마지막 항목을 실천해 보고 싶다. 내가 읽은 책을 나의 아이들 그 아이들의 아이들까지 물려 읽고 싶은 소망이 있다. 고전이 대대로 내려오며 읽게 되듯이 내가 읽은 수많은 책을 여러 세대가 어우러져 읽는 순간이 찾아오기를 기다려 본다.

이 모든 시작은 내 손에 한 권의 책을 쥐었을 때였다. 책 육아는 나의 작은 발걸음에서 시작되었다. 아직도 걸어가는 그 여정에서 커다란 변화를 가져다주었다. 나는 오늘도 책을 펴고 새로운 이야기 속으로 걸어 들어간다. 그 발걸음이 또 어떤 길로 이어질지 설레는 마음으로 기대하고 있다.

책 속에 길이 있다는 말처럼 아이들이 자신의 길을 책 속에서 찾아갈 수 있기를 바란다.

책이 사람을 만든다. 가족을 만든다.

서점 나들이의 즐거움

매년 새해가 되면 아이들과 광화문 대형서점에 간다. 독서 모임에 나가고 독서를 시작하며 우리의 일상이 바뀌기 시작했다. 독서 하기 전에도 서점은 간혹 들리긴 했다. 연중행사로 다녀올 정도로 큰 부분을 차지하지 못했다. 2년 전부터 새해 시작을 서점에서 했다.

서점 안에는 커피숍, 팬시점 등 다양하게 구경할 거리도 있다. 아이들과 서점을 가서 자유롭게 탐색하고 다닌다. 그동안 구매 리스트에 올린 책도 보고 새로 나온 신간은 무엇이 있는지도 찾아본다. 아이들도 서점 안에서는 우리의 통제 아래 있지 않고 자유롭게 다양한 책들을 탐색한다.

2-3년 전부터 집 근처 도서관부터 시작해 근교 나들이를 가는 경우 주변의 특색있는 도서관을 찾기도 한다. 둘째는 활동하기 좋아해 서울시 교육청에서 시행하는 북 웨이브 행사에도 참석해 작가 사인회도 경험해 보고 다양한 활동에 참여해 보았다. 또한 집 근처 도서관에서 시행되는 작가와의 만남에 참여해 추첨된 책도 받고 책의 즐거움에 대한 다양한 경험을 쌓고 있다.

첫째는 둘째만큼 적극적으로 참여하지는 않는다. 다행히도 도서관을 찾는 경우 주변 탐색과 그 도서관의 특색은 무엇인지 찾아보고 이야기하는 편이다. 청소년 소설이나 판타지 소설을 좋아하는 아이인데 최근에는 몽글몽글한 서정적인 말이 담긴 책, 로맨스 소설 등을 좋아한다. 일상에서 아이들과 책을 접할 수 있는 방법을 찾으려 노력하고 있다. 아이들과 시행했던 다양한 독서 방법을 소개해본다.

맨 처음 시작은 고전 읽기다.

독서 활동지를 직접 만들고 각자 자신의 나이에 맞는 고전 추천 도서 중 한 권을 정했다. 토요일, 일요일 30분씩 읽고 한 줄 평이나 기억에 남는 문구를 활동지에 기록했다.

30분이라는 시간 동안 매번 집중하는 일은 고역이었다. 나와 신랑도 집중하기 어려운 시간이었다. 아이들에게 지루하게 흘러가는 시간도 있었다. 그래도 분명했던 사실은 그렇게 형성된 잠깐의 독서에서 아이들이 책을 놓지 않을 수 있도록 지탱해 주는 힘이 생겼다.

6개월이라는 시간 동안 지속할 수 있었다. 주말에 이루어지는 활동으로 성당 행사, 가족 행사 등이 있는 날에는 실천하지 못하는 날이 반복되었다. 독서 습관을 점검하며 새로운 대안을 찾기 위해 고민했다.

고민하던 중 24년 '온 가족 북 웨이브 챌린지' 독서 참여를 통해 온 가족 매일 10분 책 읽기를 알게 되었다. 이 활동을 계속 이어가면 될 것 같은 생각이 들었다. 그렇게 온 가족 매일 10분 책 읽기가 두 번째 프로젝트로 진행되었다. 처음에는 저녁 식사 후 가족이 둘러앉아 10분씩 책을 읽었다.

시간이 지날수록 첫째의 학원 수업과 나의 근무시간이 맞지 않으며 각자 시간에 맞추어 매일 10분씩 읽고 활동지를 작성했다. 어느덧 2년이라는 시간이 흐르고 있다. 매일 빠트리지 않으려고 노력하고 있으나 간혹 빠지는 날도 있다. 너무 강박적으로 지키려고 하면 오히려 부작용이 나타날 수도 있어 유연하게 넘어가고 있다. 매일 10분 책 읽기를 통해 한 달에 2-3권 정도의 책을 읽고 있다. 이 프로젝트를 통해 모든 일은 천천히 지속적인 실천이 중요함을 배웠다. 아이들에게 좋은 습관을 물려주기 위해 시작했던 일인만큼 속도를 조절하며 가족만의 고유문화로 자리 잡고 있다. 우리는 책을 항상 가까이하는 태도로 삶을 살아가는 귀중한 습관을 만들기 위해 오늘도 10분을 지키고 있다.

독서 모임이 성장의 원동력이 되다.

독서 모임을 통해 새로운 나를 발견해 나가고 삶에 있어 긍정적 시각으로 변화했다. 처음 독서 모임에 나간 날이 아직도 선명한 기억으로 남아 있다. 모임에 나가기 전 새로운 사람들과의 어색함이 싫어 몇 번을 망설였다. 다행스럽게 모임 구성원들이 반갑게 맞아주어 어색함을 덜 느낄 수 있었다. 그럼에도 처음에 책을 읽고 내 의견을 타인 앞에서 이야기한다는 일은 어려웠다.

처음의 그 분위기와 무게감은 어찌할 수 없는 부분인 듯했다. 한 번, 두 번 모임에 나가고 얼굴이 익숙해지며 자연스러워졌다.

매달 리더가 선정하는 책이 바뀌기에 다양한 분야의 책을 접할 수 있어서 좋았다. 자기계발서나 육아서 위주로 책을 읽던 나에게는 새로운 분야의 좋은 책을 알게 되고 읽을 수 있었다. 또한 독서 모임에서 운영하는 카페에서는 루틴을 만들어 나가며 좋은 습관까지 만들 수 있어서 좋았다. 그 모든 일에는 나의 적극적인 참여와 행동이 있었기에 가능했다. 나는 어느새 블로그를 운영하고 카페에 나만의 루틴 활동들을 실천하며 한 명의 회원으로서 굳건히 자리하게 되었다.

책으로 변화된 가장 큰 사람은 바로 나 자신이다. 아이들의 감정을 세심하게 다루는 엄마로 변화했다. 아이들을 나의 삶에 중심으로 두지 않게 되었다. 나를 발견하고 스스로에게 집중하며 소중한 내가 되기 위해 노력했다. 자연스레 아이들에게도 더 현명하고 지혜로운 엄마가 되어가고 있다. 도전하는 모습을 보여주기 위해 이 글을 쓰고 있다.

책을 읽지 않았다면 변화되지 않았을 내 삶을 돌아본다. 책을 접하고 세상을 살아가는 지혜로움이 책에 있다는 사실을 몸소 깨달았다. 오늘도 책의 위대함과 지식 안에 나를 길들이고 있다.

　성장하는 시간 안에서 새로운 자신을 발견하고 탐색하는 시간을 즐기길 바란다.

달라도 너무 다른 아이들

다른 개성을 가진 아이들

내 안에서 태어난 아이들이지만 정말 다르다. 식습관, 자는 모습, 성격 그 어느 하나 비슷한 구석도 없다. 아마도 아이들을 두 명 이상 키워 본 엄마들이라면 공감할 수 있다.

첫째는 전형적인 모범생으로 의존적이며 자립심이 부족하고 고집스럽다. 사실 첫째는 어렸을 적에는 동생도 잘 돌보아주고 잘 놀아서 둘째가 학교에 들어가면 좋은 누나가 될 것 같았는데 상황은 반대였다. 입학 후 함께 등교하라고 했더니 동생이 귀찮다며 혼자 등교하고 둘째는 나와 아버님의 몫이었다. 다른 상황에 있어서 늘 자기중심적이고 누군가를 배려하는 모습이 가족 안에서는 잘 볼 수 없다.

둘째는 자립심이 강하고 무엇이든지 도전적인 성향이며 정이 많아 누나나 가족들을 잘 챙기는 편이다. 눈치도 빨라서 분위기를 보며 나와 신랑의 기분을 잘 맞춘다. 집에서 음식도 잘 만들려고 하고 무엇이든 함께 해보고자 하는 성향이 강하다. 조금은 분주하고 서툴러서 혼도 많이 나지만 언제 그랬냐는 듯 웃음을 짓는 아이를 보면 화가 난 나의 마음도 사르르 녹는다. 호기심이 많아서 궁금한 일들은 직접 부딪혀 탐구해 보는 성향이다. 그러다가 컵도 깨트리고 핸드폰도 망가트려서 자주 혼나는 일이 발생한다.

공부나 기타 행동에 있어 비슷한 면이 전혀 없다. 첫째는 차분히 앉아서 긴 시간 동안 책을 읽거나 공부도 해 내는 편이다. 둘째는 공부나 숙제하면서 주변에 누군가 있다면 말을 걸고 집중하지 못하는 성향이다. 사실 아이들의 학습에 있어 이런 성향을 간과하고 첫째를 공부시키던 방법으로 둘째를 키우며 혼란을 겪은 일이 있었다.

둘째가 2학년 무렵 첫째가 다니던 공부방에 함께 보내기 시작했다. 첫째는 공부방에서의 모든 일정을 다 소화하고 우등생으로 다니고 있었기에 둘째도 가능하다고 생각했다.

처음 1년 정도 잘 다니는 듯했다. 문제는 3학년 2학기 무렵부터 공부방에서 선생님과 대립하기 시작했고 아이는 버티기에 들어갔다. 숙제도 해가기는 했으나 틀린 문제가 많아서 머무는 시간이 길어졌다. 아이가 시간이 지나면 적응하리라 생각했으나, 4학년 1학기가 되면서는 절정을 이루었다. 기초 실력조차도 따라가지 못할 정도로 퇴행하고 있었기에 내가 결단을 내려야 했다. 아이를 가르치는 선생님도 가기 싫은 곳에 가는 아이도 힘든 시간이었다.

선생님과의 상담을 통해 그동안의 여정을 마무리하고 아이는 학원을 옮겼다. 그 후, 상황이 버라이어티하게 달라진 것은 아니다. 나에게 다니기 싫다는 이야기는 하지 않고 다니고 있었다. 그러나 그곳에서도 아이는 변화되지 않았다. 학원을 가는 일상이 무의미해 보였다. 아이의 마음을 들여다보며 학원을 잠시 쉬어 가기로 했다. 공부를 전혀 하지 않을 수는 없기에 집에서 문제집을 조금씩 풀기로 했다. 처음에는 순조롭게 진행되었다. 시간이 지날수록 일을 다니며 아이의 공부를 도와주는 일은 어려움이 생겼다. 아이는 집중하지 못했고 틀린 문제가 많았다. 내가 아이의 공부를 돕기에는 부족하다는 생각도 들고 아이에게 화내는 횟수가 늘어나기 시작했다.

나는 다시 학원을 알아보기 시작했다. 등원 후 2주간의 진단평가와 아이의 학습 형태를 관찰한 선생님의 결론을 받아 드는 순간 '아, 맞다! 내가 생각하기에도 이게 문제였구나'를 깨달았다.

아이는 내가 생각했던 부분처럼 4학년 수학을 전혀 이해하지 못하고 있었다. 그동안 의미 없이 문제집을 풀며 시간을 보냈다. 1년이라는 시간을 되돌릴 수는 없었지만, 다시 차근히 풀어나가야 했다.

아이를 격려하며 열심히 하기로 했다. 아이도 이번에는 거부감을 표현하지 않았다. 정해진 시간보다 1시간 이상 수업해도 힘든 내색 없이 집으로 돌아왔다. 나에게 힘듦을 표현하는 횟수도 눈에 띄게 줄었다. 자신의 답답함을 선생님이 알아주고 격려해 주는 부분이 아이에게 힘이 되고 있었다.

세상에는 각자 자신만의 색깔이 있다. 그 색깔을 무시하고 보기 좋은 색깔이 되길 바라는 마음으로 행했던 나의 교육철학이 잘못되었음을 깨달았다. 이제 공부의 길을 시작하는 아이들을 키우면서 더 많은 시행착오를 겪게 되겠지만 그 안에서 아이 고유의 색깔을 찾아내고 적절한 방법을 제시하며 도움을 주는 게 나의 역할임을 알았다.

아이가 커가면서 점점 부모의 개입이 줄어들어야 한다. 초등학교 4학년 무렵부터 자립심을 기르기 위해 아이에게 선택의 순간을 많이 주어야 하고 그로 인한 결과도 아이가 받아들이며 점차 자신의 선택을 통해 성장할 수 있도록 도와야 한다. 중학생이 되었을 때는 위험한 순간이 아니면 부모의 개입은 최소한으로 이루어져야 한다.

이 과정을 거치지 않고 성인이 되었을 때 자신의 인생을 부모에게 맡기고 회사의 사직서도 부모가 대신 내주고 회식도 시켜주는 대한민국의 현실과 마주하게 된다.

우리의 육아 현실을 보면 태어나는 순간부터 모든 선택을 엄마가 한다. 입는 옷, 사용하는 장난감, 책, 학원 선택, 진로 선택조차 아이들에게 맡기지 못하고 엄마가 하고 있다. 태어나면서 부모를 선택하는 일은 할 수 없는 일이지만 성장하고 자기의 인생을 살아가는 과정에서는 작은 선택일지라도 아이 스스로 해보아야 한다. 그 안에서 벌어지는 좌절, 분노, 슬픔을 경험해 보는 일이 인간의 성장 과정 중 하나이기 때문이다.

육아는 정답이 없는 여정이다. 성향이 다른 두 남매를 키우며 나는 아이들 각자의 개성을 존중하는 것이 얼마나 중요한지 배웠다. 한 아이는 선택의 순간마다 신중히 고민하고 또 다른 아이는 즉흥적인 결정을 통해 성장했다. 그 과정을 지켜보며 뒤에서 조용히 지지해 주는 상황이 얼마나 어려운 일이며 동시에 보람찬 일인지 깨달았다.

아이들은 자신의 선택 속에서 좌절을 맛보기도 했다. 예상치 못한 기쁨을 누리기도 했다. 그런 경험이 쌓이면서 스스로 더 단단해지고 책임감 있는 모습으로 변해가는 것을 보며 부모로서의 개입을 줄이는 용기가 필요하다는 것을 알았다.

이제 나는 아이들이 더 넓은 세상으로 나아갈 준비를 할 수 있도록 믿고 기다리려 한다. 부모의 역할은 아이들의 선택을 해주는 것이 아니다. 그 선택의 여정을 응원하고 넘어질 때 손을 내밀 준비를 하는 것이다. 이 과정을 통해 아이들뿐 아니라 나도 조금 더 성숙한 부모가 될 수 있었음을 감사하게 느낀다.

어느 날, 아이들이 스스로 길을 걸어가며 나에게 이렇게 말할 수 있기를 기대한다.

"엄마, 우리를 믿어줘서 고마워요."

그날이 오기를 바라며 오늘도 한 걸음 물러서서 아이들의 홀로서기를 응원한다.

아이 스스로가 선택하는 과정을 즐기며 성장할 수 있도록 믿고 기다
려 주자.

엄마가 되어 가는 길

어린 나이 아무것도 모르고 시작한 나에게 엄마라는 이름을 안겨 준 나의 두 아이에게 감사하다. 아이들이 아니었으면 가보지 못했을 길을 지금도 함께 걸어가며 성장하는 나와 아이들이다.

엄마가 되어가는 길

엄마가 된다는 건 하루아침에 완성되는 일이 아니다. 아이를 처음 품에 안았던 날의 설렘과 벅참은 말로 다 표현할 수 없을 정도로 강렬했지만 동시에 그 감정 뒤에는 무겁게 다가오는 책임감과 두려움이 뒤따랐다. 병원 문을 나서던 날 나는 세상이 갑자기 더 크고 복잡하게 느껴졌다. 아이가 태어남과 동시에 '엄마'라는 이름을 얻었다. 그 이름이 어떤 의미인지 무엇을 요구하는지 완전히 알기까지는 많은 시간이 필요했다.

육아의 시작은 어리둥절 그 자체였다. 아이의 울음소리는 끝도 없었고 왜 우는지 알지 못할 때마다 큰 실패감을 느꼈다. 수유하며 쏟아지는 졸음을 견디고 기저귀를 갈면서 나름의 속도를 익히고 한 번도 생각해 보지 않았던 '트림시키기' 같은 기술을 배워야 했다. 매 순간이 처음이었다. 하루마다 새로운 도전이었다. 이 모든 과정을 겪으며 나는 내가 '엄마답지 않다.'라고 느끼곤 했다. 남들은 다 잘하는 것처럼 보였고 나만 이렇게 힘든 것 같았다.

시간이 흐르면서 조금씩 깨닫기 시작했다. 엄마가 된다는 건 처음부터 완벽할 필요가 없는 일이다. 아이가 처음 울음을 터뜨릴 때 나는 그저 나의 목소리와 체온으로 아이를 안심시켜 주는 사람일 뿐이다. 그 작은 순간에도 아이는 나를 원하고 있었다. 나는 아이를 위해 할 수 있는 것을 해나가고 있었다. 실수하더라도 그 실수를 통해 배우며 조금씩 나아가는 모습을 마주하기 시작했다.

엄마가 되는 길은 아이와 함께하는 작은 첫발에서 시작된다. 아이가 처음으로 웃음을 지어 보였을 때 그 작은 미소가 얼마나 큰 힘을 주는지 깨닫는다. 아이가 처음 걸음을 내디딜 때 나 역시 내 안에서 조금 더 단단해진 나를 발견했다. 아이와 함께 보내는 시간 속에서 내가 몰랐던 나의 모습을 하나씩 찾아가게 된다.

가장 놀라운 일은 엄마가 되는 과정에서 세상을 바라보는 눈이 달라졌다는 것이다. 아이와 함께 길을 걷다 보면 평소에는 지나쳤던 나뭇잎의 색감이 새롭게 보이고 하늘을 나는 새 한 마리도 흥미로운 이야깃거리가 된다. 아이의 눈에 비친 세상을 통해 나도 세상을 새롭게 배우고 있다. 엄마가 되는 길은 아이를 키우는 것만이 아니라 아이와 함께 자라고 변화하는 길이다.

물론 모든 날이 행복하기만 한 것은 아니다. 밤새 아픈 아이를 간호하며 눈물지은 날도 많았다. 고된 하루 끝에 스스로 탓하며 잠들지 못한 날도 있었다. 그럴 때마다 "내가 잘하고 있는 걸까?"라는 질문이 머릿속을 떠나지 않았다. 그런 날들조차 엄마가 되어가는 길의 작은 부분이 되어 주었음을 깨닫는다. 중요한 것은 그 순간들을 지나며 내가 포기하지 않았다는 것이다. 완벽하지 않아도 괜찮다는 것을 인정하는 과정이 엄마로서의 성장을 가능하게 했다.

지금도 나는 여전히 엄마로서 배워가는 중이다. 아이와의 일상에서 나는 사랑하는 법, 참는 법, 스스로 용서하는 법을 배우고 있다. 아이는 나의 선생님이자 동반자이다. 내가 아이에게 가르치는 일보다 아이가 나에게 가르쳐주는 일이 더 많을 때가 있다. 아이의 순수한 웃음 속에서 나 또한 세상의 단순한 기쁨을 다시금 느껴 본다.

엄마가 되는 길은 끝이 없는 여정이다. 아이가 성장하며 더 넓은 세상으로 나아가듯 나 역시 엄마로서 계속해서 성장한다. 이 길이 때로는 고되고 외로울지라도 아이와 함께 걸어갈 수 있기에 행복하다. 엄마가 되는 길은 완벽하지 않아도 아이와 나만의 특별한 이야기가 쌓이는 소중한 길임을 이제는 안다. 매일 조금 더 나은 엄마가 되기를 꿈꾸며 오늘도 나는 아이들과 함께 걸어가고 있다.

괜찮아, 너희에게 어떠한 어려움이 있더라도 다 괜찮아 너희는 잘할 수 있어.

네 안의 너의 힘을 믿어봐. 엄마는 늘 너희 뒤에서 지켜줄게.

처음 때 마음가짐

누구에게나 처음은 낯설고 두렵다. 임신하고 엄마가 되었던 순간을 떠올리면 지금도 어색하고 서툰 나 자신이 생각난다. '엄마'를 주제로 글을 쓰기 시작했을 때 역시 같은 마음이었다. 내 삶을 기록하는 일인데도 어디서부터 이야기를 시작해야 할지 막막했고 한 문장을 꺼내기까지 오래 머뭇머뭇했다.

그러나 글은 참 신기하다. 한 글자, 한 문장을 적어 내려가다 보면 어느새 내가 지나온 시간이 자리를 찾아가고 그때 미처 느끼지 못했던 감정들이 다시 나를 바라본다. 그렇게 조금씩 모양을 갖춰가는 이야기 속에서 나를 다시 배우고 있었다.

이제는 훌쩍 자란 아이들이라 나의 손길이 필요한 순간들이 줄어들고 있다. 예전 같았으면 정신없이 흘려보냈을 장면들도 지금은 마음속에 천천히 새겨진다. 아이들이 내 손을 놓아가는 시간만큼 나도 새로운 무언가를 붙잡을 여유가 생겼다. 그렇게 쌓여 온 육아의 순간들이 글이 되어 나에게 돌아왔고 또 다른 경험으로 나아가는 힘이 되었다.

초보 엄마였던 시절의 마음가짐으로 초보 작가로서 다시 한 걸음을 떼어보았다. 어쩌면 조금 느렸을지도 모른다. 하지만 그 느린 걸음 속에서 나는 더 단단해졌고 더 깊어졌다.

나는 충분히 잘해왔고 앞으로도 잘 해낼 것이다.

이 글을 마무리하며 지난 시간 속에서 천천히 성장해 온 나 자신에게 조용히 박수를 보낸다. 그리고 내일의 나는 오늘보다 조금 더 따뜻한 엄마, 조금 더 단단한 엄마이기를 바란다.

Chapter 3

딸이 되어 엄마를 읽고,

엄마가 되어 나를 쓰다

—

김태은

묵은 뿌리 위로 피어난 꽃

해독할 수 없는 울음, 유일한 번역가

아기가 울었다. 그 울음은 세상의 모든 절박함과 생존을 향한 처절한 요구를 담고 있을 테지만, 정작 아기는 자신이 무엇 때문에 괴로운지 말로 표현할 능력이 없었다. 그것은 배고픔의 허기였을까, 기저귀가 주는 눅눅한 불쾌함이었을까. 아니면 낯선 세상이라는 거대한 소음 속에 던져진 존재론적 불안함 때문이었을까. 온 세상이 짙은 안갯속처럼 흐릿하고 혼란스럽던 그 시절, 오직 한 사람만이 그 울음소리에 섞인 미세한 떨림과 파동을 단번에 해독해 냈다. 바로 '엄마'라는 존재였다.

엄마는 아기가 젖을 찾아 본능적으로 입술을 오물거릴 때 서슴없이 가슴을 내어주었고, 깊은 밤 잠투정이 시작되기 전 이미 낮은 음절의 자장가를 준비하고 있었다. 그녀의 따스한 눈길, 부드러운 손바닥, 그리고 아기를 감싸안던 규칙적인 숨결은 아기가 세상에서 처음으로 배운 언어였다. 엄마라는 광활한 우주는 세상과 아기를 연결하는 유일하고도 가장 견고한 통로였다.

말하지 않아도 모든 것이 통했던 그 경이로운 경험은 단순한 양육의 차원을 넘어선 영적인 교감이었다. 엄마는 아기의 마음을, 필요를, 그 존재의 근원적인 불안을 언어보다 먼저 읽어냈다. 엄마의 품 안에서 아기의 세계는 언제나 안전하고 평온했다. 어린 날의 나 또한 진심으로 믿었다. 우리 엄마는 마법사처럼 모든 것을 알고, 어떤 문제든 뚝딱 해결할 수 있으며, 결코 마르지 않는 찬란한 에너지를 지닌 영원한 태양 같은 존재라고.

마법사의 가면 뒤에 숨겨진 마모된 시간

어린 시절 기억 속의 엄마는 전지전능한 신과 같았다. 내가 고열로 인해 신음하면 엄마는 신기하게도 깊은 잠 속에서 번개처럼 일어나 약통을 찾아냈고, 차가운 물수건으로 내 이마의 열기를 걷어갔다. 서러움에 북받쳐 울 때면 아무 말 없이 내 등을 토닥여주던 그 손길은 세상의 모든 슬픔을 정화하는 마법 같았다. 그녀는 언제나 가족 중 가장 늦게 잠자리에 들었으며, 새벽의 푸르스름한 빛이 창가에 머물기도 전에 일어나 구수한 밥 냄새와 보글거리는 찌개 소리로 집안의 온기를 채웠다.

하지만 그 찬란한 마법의 배후에는 엄마라는 한 인간의 처절한 인내가 숨 가쁘게 타오르고 있었다. 피곤함은 늘 서툰 웃음 뒤로 은폐되었고, 자신의 고통과 서러움은 마당 깊은 우물 속에 돌을 던지듯 가슴속 깊은 곳으로 침잠시켰다. 어린 내게 세상은 온전히 엄마의 품 안에 존재하는 단단하고 변치 않는 우주였기에, 나는 그 우주를 지탱하기 위해 얼마나 많은 별이 스스로를 태워 소멸하고 있는지 알지 못했다.

단단한 엄마라는 껍질 안에서 한 여인이 쉴 새 없이 마모되고 있었다. 영원할 것 같던 그 에너지가 사실은 자신의 눈물과 억눌린 상처를 연료 삼아 겨우 타오르고 있었다는 사실을, 나는 한참이 흐른 후에야 비로소 깨달았다. 나는 그저 '엄마'라는 완벽한 역할로만 그녀를 정의했을 뿐, 그 배역을 맡기 전 존재했던, 꿈 많고 싱그럽던 '온전한 개인'으로서의 그녀를 단 한 번도 상상해 본 적이 없었다.

빛바랜 사진 속의 소녀, 그리고 차가운 침묵의 집

엄마는 1960년에 태어났다. 우연히 먼지 쌓인 앨범 속에서 발견한 스무 살 남짓의 엄마는 지금의 모습과는 이질적일 정도로 생경했다. 두 손을 무릎 위에 가지런히 모으고 환하게 웃는 사진 속 소녀의 얼굴에는 그 어떤 어두운 그림자도, 삶의 무게도 없었다. 친구들과 재잘거리며 예쁜 옷을 입고 거리를 누비던, 누군가의 소중하고 귀한 딸이자 빛나는 청춘이었다.

나는 그 사진을 오래도록 손끝으로 쓸어보며 자문했다. '언제부터 엄마는 저렇게 투명하게 웃지 않게 된 걸까?' 그녀의 환한 미소가 점차 빛을 잃어간 지점은, 아마도 그녀가 스물아홉이라는 나이에 '결혼'이라는 거대한 문턱을 넘은 직후였을 것이다.

결혼 후 맞이한 시댁은 엄마에게 완전히 다른 중력의 법칙이 작용하는 세계였다. 가부장적인 공기가 집안을 무겁게 짓눌렀고, '아들'이라는 이름만이 모든 가치의 척도가 되는 서슬 퍼런 공간이었다. 그곳은 인간적인 뜨거운 감정은 철저히 배제된 채, 오직 차가운 침묵과 도리만을 강요하는 얼음의 성이었다. 엄마는 결혼과 동시에 자신의 이름 석 자를 잃어버렸다. 그녀는 '누구의 아내', 그리고 곧 '딸만 둘 낳은 죄인 같은 며느리'라는 보이지 않는 감옥에 갇혔다. 엄마의 욕망은 겹겹이 접혀 가슴속 가장 깊은 밀실로 유폐되었고, 그녀의 목소리는 세월이 갈수록 낮고 희미해져 갔다.

베개에 묻은 울음소리를 들었던 밤

"딸만 둘 낳았다고 어찌나 구박하시던지……."

어느 날, 시어머니에게 들었다던 그 모진 말을 엄마가 아주 조용히 내게 털어놓았을 때, 나는 어린 마음에도 그 문장 하나가 엄마의 어깨를 얼마나 오랫동안 짓눌러왔는지를 온몸으로 느꼈다. 그 침묵과 억압의 세월 속에서 엄마는 '사람 취급도 못 받았다'라는 서늘한 소외감을 홀로 감내해야 했을 것이다.

엄마의 무표정과 기계적으로 반복되는 집안일들. 거실 바닥을 온종일 무릎으로 기어다니며 닦고, 묵묵히 설거지통 앞에 서 있던 그 뒷모습에는 감정을 억지로 눌러 담아 가족이라는 성벽을 지탱하려는 처절한 사랑의 몸부림이 서려 있었다. 그 모든 고단함이 사랑의 또 다른 일그러진 얼굴이라는 것을 나는 그때 알게 되었다.

어느 깊은 밤이었다. 모든 가족이 깊은 잠에 빠져 적막만이 흐르던 시간, 나는 문밖에서 새어 나오는 아주 작고 억눌린 흐느낌에 잠이 깼다. 문틈 사이로 본 엄마는 어둠 속에서 홀로 눈물을 훔치고 있었다. 베개에 얼굴을 깊이 묻고 소리조차 밖으로 새 나가지 못하게 죽여가며 어깨를 들썩이는 그 모습은, 내가 믿어 의심치 않았던 '만능 마법사'의 환상을 산산조각 냈다.

그때 처음으로 마주했다. 엄마도 아프고, 외롭고, 속상하면 눈물을 흘리는, 나와 똑같이 연약하고 부서지기 쉬운 '한 사람'이라는 사실을. 완벽해 보이던 존재가 가진 심연의 슬픔을 목격한 날 밤, 나는 살그머니 엄마 옆으로 다가가 거칠어진 손을 잡았다. 엄마는 깜짝 놀라 서둘러 눈물을 닦더니 이내 나를 꼭 안아주었다. 우리는 아무 말도 하지 않았지만, 그 밀도 높은 침묵 속에서 세상에서 가장 깊은 위로를 나누었다.

그날 밤 이후, 나는 엄마의 눈물 뒤에 숨겨진 무게를 어렴풋이나마 짐작하게 되었다. 그리고 이전처럼 마냥 해맑게 엄마에게 이것저것 요구할 수 없었다. 내 서툰 요구가 어쩌면 엄마의 슬픔을 한 뼘 더 키울지도 모른다는 생각에 두려웠다. 그렇게 나는 너무 일찍 철이 들었고, 어떻게든 엄마를 웃게 해줘야 한다는 막연하고도 무거운 책임감을 어린 어깨에 짊어졌다.

마지막 용기, 그리고 와인색 카디건의 외출

엄마는 여동생이 스무 살 성인이 되던 해, 마침내 수십 년의 긴 침묵을 깨고 이혼을 결심했다. 그 결정은 집안에 거대한 해일 같은 충격이었지만, 동시에 나에게는 아주 오래된 숙제를 끝낸 듯한 기묘한 안도감을 주었다.

"너희 어릴 때 이혼하면 혹시라도 상처가 될까 봐, 그게 무서워서 버텼어. 적어도 너희가 스스로를 지킬 수 있는 나이가 될 때까지는 참아야 한다고 생각했지."

엄마의 그 고백은 내 가슴에 육중한 망치질처럼 박혔다. 평생을 '가족'이라는 이름의 제단에 자신을 제물로 바쳤던 사람의 마지막 용기였다. 이제는 더 이상 참지 않기로 했다는 그 선언이, 얼마나 오랜 고뇌와 단절된 외로움의 끝에서 터져 나온 것인지 나는 감히 짐작조차 할 수 없었다.

이혼 후, 엄마의 삶에는 잃어버렸던 계절이 찾아왔다. 무거운 등짐을 내려놓은 듯 엄마의 어깨는 눈에 띄게 가벼워졌고, 늘 굳어 있던 말투에는 부드러운 곡선이 생겼다. 옅어져만 가던 웃음소리가 다시 거실의 공기를 채우기 시작했다. 그녀는 태어나서 처음으로 오직 '나'를 위한 삶의 첫 페이지를 넘겼다. 거울 앞에서 서툴지만 정성스럽게 화장하고, 직접 기차표를 끊어 여행을 떠났으며, 오래된 친구들을 만나며 자신의 이름을 되찾아갔다.

오랫동안 엄마의 옷장에는 무채색의 옷들만 가득했다. 먼지 묻은 검은색, 칙칙한 회색 계열은 마치 자신을 세상에서 지워버리려는 보호색처럼 보였다. 그런데 어느 날, 엄마가 선명한 와인색 카디건을 입고 외출하는 것을 보았다. 그 화사하고 강렬한 색채는 겹겹이 쌓인 굳은 땅을 뚫고 솟아난 강인한 생명의 싹처럼 느껴졌다. 그 뒷모습을 보며 나는 가슴 밑바닥에서부터 차오르는 벅찬 해방감을 느꼈다.

늦게 피어서 더 향기로운 꽃

어느 봄날, 엄마가 화단에 꽃씨를 심으며 조용히 읊조렸다.

"이 꽃도 나처럼 늦게 피어나려나 봐. 하지만 얘야, 늦게 피는 꽃이 더 향기롭다고 하더라."

그 말은 단순한 혼잣말이 아니었다. 그것은 오랜 침묵의 동토를 깨고 자신을 향해 내미는 화해의 손길이자, 남은 생은 오롯이 자신의 향기로 채우겠다는 단단하고 고귀한 다짐이었다.

엄마가 나를 위해 처음으로 차(茶)를 내려주던 날의 풍경을 기억한다. 그녀는 마른 찻잎을 조심스레 다관에 담고, 물의 온도를 세심히 맞추며 정성스레 차를 우려냈다.

"이제는 나를 위한 시간도 필요해. 차를 마시는 동안만큼은 온전히 나한테만 집중할 수 있거든."

찻잔에서 피어오르는 따스한 김 사이로 보이는 그녀의 얼굴은 '엄마'라는 가혹한 가면을 벗고, 비로소 한 인간으로서 자신의 삶을 되찾는 성스러운 의식을 치르는 듯했다.

나는 이제야 알았다. '엄마'라는 이름 너머에, 나와는 또 다른 독립적인 우주로 존재하는 그녀의 진짜 모습을. 그리고 그 삶이 얼마나 숭고한지를. 그녀는 비록 묵은 뿌리처럼 오랜 시간 어둠 속에 갇혀 있었지만, 마침내 자신을 위한 선택이라는 따스한 햇살을 받아 세상에서 가장 아름다운 꽃을 피워냈다.

나는 이제 엄마를 '한 사람'으로 존경한다. 화단에서 흙을 만지며 땀방울을 훔치는 모습, 부엌에서 노래를 흥얼거리며 즐겁게 요리하는 모습, 좋아하는 드라마를 시청하며 아이처럼 소리 내어 웃는 모습. 그 평범하고도 위대한 순간들이야말로 엄마가 비로소 살아있음을 증명하는 진실한 시간이다.

그러던 어느 날, 엄마와 함께 시장에 갔을 때였다. 엄마는 예전처럼 가족들이 좋아하는 것이 아니라, 자신이 평소 좋아하던 과일들을 이것저것 망설임 없이 바구니에 담기 시작했다. 그때 내가 물었다.

"이거 다 엄마가 먹고 싶어서 고르는 거야?"

그러자 엄마는 수줍지만, 당당한 미소를 지으며 대답했다.

"응. 이젠 나도 나를 위해 선택할 줄 알아야지. 아주 작은 것부터라도 말이야."

그때 엄마의 용기 있는 말과 눈빛은 나에게 커다란 울림과 깨달음을 주었다. 타인을 위한 삶이 아닌, 나를 위한 선택이 얼마나 한 사람을 빛나게 하는지 말이다.

또 다른 날, 엄마는 나와 함께 빛바랜 앨범을 펼쳤다. 사진 속 웃던 소녀가 지금의 엄마와 연결되는 찰나, 엄마는 잠시 감회에 젖은 듯 눈을 감았다가 다시 떴다.

"그땐 몰랐지. 세상이 이렇게 힘든 곳일 줄은."

그러고는 희미하게 웃으며 덧붙였다.

"그래도 이제는 정말 살 만한 것 같아. 내가 나로 있을 수 있으니까."

그 짧은 문장 속에 담긴 긴 세월의 무게와 다시 피어난 희망의 농도가 내 마음을 울컥하게 했다.

나는 이제 조금씩 안다. 깊은 밤 아이의 울음에 잠에서 깨어날 때마다, 나를 지키던 엄마의 얼굴이 왜 자꾸만 중첩되어 떠오르는지. 엄마는 그 가혹한 시절을 어떻게 홀로 견뎌냈을까. 누구에게도 내색하지 않고 그 무거운 마음을 어떻게 짊어졌을까. 얼마나 외롭고 두려운 밤을 보냈을까.

엄마는 더 이상 '누구의 아내'도, '누구의 며느리'도 아닌, 오롯이 자신의 고유한 이름을 가진 한 사람이다. 그녀는 좋아하는 색의 옷을 입고, 작은 잔에 차를 마시며, 늦은 밤 좋아하는 책을 읽는다. 그 모습이 내게는 세상에서 가장 아름답고 고귀한 풍경이다. 나는 이제 용기를 내어 그녀에게 말하려 한다.

"엄마, 이제라도 당신의 삶을 살아줘서 정말 고마워요. 당신이 보여준 그 용기 덕분에 내가 이 세상에 단단히 뿌리 내릴 수 있었어요."

　나는 그런 엄마를 진심으로 존경하고 사랑한다. 그리고 나는 나의 딸에게 이 소중한 교훈을 반드시 물려줄 것이다. 누군가의 아내나 엄마라는 역할에 자신을 함몰시키지 않아도 되는 삶, 자신의 이름으로 당당하고 아름답게 피어나는 삶이 얼마나 가치 있는지를. 묵은 뿌리 위에서 피어난 이 꽃이 다음 세대에게는 더 이상 고난의 산물이 아닌, 자유로운 영혼의 상징이 되기를 간절히 기도한다.

엄마가 되는 중입니다

낯선 껍데기, 변해가는 육체의 통보

임신 중기, 거울 앞에 서서 하루가 다르게 볼록하게 솟아오르는 배를 바라보는 일은 매번 낯설고 기이한 경험이었다. 분명 평생을 함께해 온 나의 몸이었으나, 더 이상 오롯이 내 것만은 아닌 듯한 묘한 이질감이 엄습했다. 처음엔 그저 미미한 부픔이었을 뿐이던 배는, 어느새 두 손으로 다 감싸안기 어려울 만큼 둥글고 단단하게 부풀어 올랐다. 나는 가만히 배 위에 손을 얹고 거울 속의 나를 응시하곤 했다. 뱃속에 새로운 생명이 숨 쉬고 있다는 사실은 분명 경이로운 기적이었지만, 동시에 나는 낯선 껍데기를 뒤집어쓴 채 조금씩 지워져 가는 이방인처럼 느껴졌다.

몸의 변화는 무자비할 정도로 정직했고, 또 빨랐다. 무게 중심이 앞으로 쏠리며 나의 걸음걸이는 완만한 곡선을 그리는 뒤뚱거림으로 바뀌었고, 살이 붙은 피부는 팽팽하게 당겨져 늘 가려움과 통증 사이를 오갔다. 숨은 조금만 움직여도 가빠졌으며, 허리는 쉴 새 없이 시큰한 비명을 내뱉었다. 신발 끈을 묶는 사소한 동작조차 어느덧 숨을 골라야 하는 거대한 과업이 되었고, 바닥에 떨어진 펜 하나를 줍기 위해 허리를 숙이는 일은 이제 도달할 수 없는 불가능의 영역으로 밀려났다.

주변 사람들은 이것을 '엄마가 되기 위한 당연한 과정'이라 말했지만, 수십 년간 나를 정의해온 육체의 통제권을 상실한다는 것은 결코 단순한 문제가 아니었다. 아침마다 즐겨 입던 날렵한 실루엣의 옷들, 거리를 거침없이 내딛던 경쾌한 보폭, 그리고 가벼웠던 모든 움직임. 나는 서서히 나의 상징이었던 풍경들과 원치 않는 이별을 하고 있었다. 그것은 내 인생의 찬란했던 한 페이지가 타의에 의해 강제로 접히고, 아직 준비되지 않은 미지의 챕터로 떠밀려가고 있다는 서늘한 통보와 같았다.

고립된 섬, 침묵의 여정

임신 후반기로 접어들수록 나의 하루는 오직 뱃속 아이를 지켜내기 위한 정교한 스케줄로 빼곡히 채워졌다. 무엇을 먹어야 아이에게 유익한지, 언제 얼마나 걸어야 순산에 도움이 되는지, 심지어 어느 각도로 모로 누워야 태반에 혈류가 잘 흐르는지까지. 모든 선택의 기준에서 '나'라는 존재는 투명하게 증발해 버렸다.

입덧의 긴 터널이 끝나자, 사람들은 "이제 좀 살 만하겠다"라며 축하를 건넸지만, 나에게는 그보다 훨씬 더 길고 고독한 심리적 여정이 기다리고 있었다. 다리는 코끼리처럼 부어올라 예전의 신발들이 맞지 않았고, 한밤중 예고 없이 종아리를 뒤트는 경련은 비명조차 지르지 못한 채 고통을 삼키게 했다. 거울 속에 비친 푸석하게 부은 얼굴과 저린 손가락 마디마디를 보며 나는 한없이 초라해졌다.

하지만 나를 진정으로 외롭게 했던 것은, 이 모든 고통에 대해 세상이 너무도 무심하고 담담했다는 점이다. 세상은 마치 이 고통이 너무 사소하거나 당연해서 입 밖으로 낼 필요조차 없다는 듯 침묵을 강요했다. "원래 다 그런 거야", "엄마라면 다 겪는 일이야.", "애 낳으면 금방 지나가"라는 흔한 위로들은 나의 개별적인 고통을 '평범함'이라는 틀 속에 가두어 질식시켰다. 나는 점차 아무도 상륙할 수 없는, 오직 나만이 홀로 머무는 고독의 섬에 갇혀갔다.

어느 날 병원 진료를 마치고 돌아오는 길, 주차장 구석 벤치에 주저앉아 이유 없이 눈물을 쏟아냈던 순간이 기억난다. 남편이 잘못한 것도, 누군가 내게 상처를 준 것도 아니었다. 그저 내 몸이 너무도 무거웠고, 그 육체의 무게만큼 마음이 밑바닥으로 가라앉았을 뿐이었다. 누구도 보지 않는 어둠 속에서 나는 스스로에게 떨리는 목소리로 물었다. '나는 정말 이 무거운 역할을 잘 해낼 수 있을까?' 하지만 돌아오는 건 차가운 공기를 가르는 대답 없는 메아리뿐이었다.

충돌하는 세계, 그리고 '함께' 부모 되어가기

고대하던 출산은 고통의 마침표가 아니라, 예상치 못한 대혼란의 서막이었다. 그것은 철저히 준비된 시작이라기보다, 전혀 다른 두 세계가 정면으로 부딪치는 격렬하고도 파괴적인 '충돌'에 가까웠다. 밤낮의 경계 없이 터져 나오는 아기의 울음소리는 내 인내심과 상상력의 한계를 비웃듯 처절했다. 수유와 트림, 기저귀 갈기로 톱니바퀴처럼 맞물려 돌아가는 무한 루틴 속에서 나는 잠시 앉아 마른침을 삼킬 틈조차 허락받지 못했다.

거울 속의 나는 이제 누구인지 가늠할 수 없을 정도로 망가져 있었다. 오늘이 며칠인지, 지금이 낮인지 밤인지조차 구분하지 못할 만큼 정신은 닳고 닳아 투명해졌다. 아기를 품에 안고 "도대체 왜 울어?"라고 묻다가, 결국 해답을 찾지 못한 채 나도 아기와 함께 자지러지게 울어버리는 날들이 비일비재했다. 산후우울증이라는 단어를 스마트폰 검색창에 썼다 지우기를 반복하며, 나는 '좋은 엄마'가 되고 싶다는 열망과 무참히 무너져가는 현실 사이에서 위태로운 줄타기를 계속했다. '혹시 나도 그 어둠 속에 빠진 걸까?' 의심하면서도, '아니야, 내가 그럴 리 없어'라며 애써 부정하며 하루하루를 버텨냈다.

그러다 어느 날 밤, 한계치에 다다른 내가 남편에게 조심스럽게 꺼낸 "나 요즘 내가 아닌 것 같아, 너무 이상해"라는 말 한마디가 팽팽하던 침묵의 물꼬를 텄다. 그의 대답은 예상 밖이었다.

“사실 나도 너무 무서웠어. 당신이 무너질 것처럼 힘들어 보여서, 무슨 말을 건네야 할지조차 몰라 숨이 막혔어.”

그 순간 번쩍 정신이 들었다. ‘엄마가 되는 중’인 건 나만이 아니었다. 그 또한 ‘아빠’라는 낯선 이름에 적응하며 몸부림치고 있었고, 우리 둘 다 생전 처음 가보는 길 위에서 서툴고 두려운 여행자일 뿐이었다.

그날 밤, 아기가 잠이 든 틈을 타 우리 부부는 처음으로 가슴속 깊은 곳의 이야기를 꺼내놓았다. 서로가 외면했던 불안, 두려움, 그리고 형언할 수 없는 고독에 대하여.

“우리, 지금 충분히 잘하고 있는 거야. 비록 완벽하진 않지만, 우리가 할 수 있는 최선을 다해 아이를 사랑하고 있잖아.”

남편이 내 손을 맞잡으며 건넨 그 한마디는 어떤 명강의보다 큰 위로로 다가왔다. 나는 사실 거창한 해결책을 원한 게 아니었다. 그저 누군가가 내 마음의 짐이 얼마나 무거운지 알아주고, “너의 힘듦이 당연하다”라고 인정해 주기를 간절히 바랐을 뿐이었다. 그렇게 우리는 완벽한 정답 대신, 서로의 고단함을 포개어 안아주는 따뜻한 문장 하나로 다시 일어설 힘을 얻었다.

엄마가 된다는 건

그 폭풍 같은 시간을 지나며 나는 비로소 깨달았다. 엄마가 된다는 건 단번에 완성되는 상태가 아니라, 매일 조금씩 그 빛깔로 서서히 물들어가는 아주 길고 정성스러운 과정이라는 것을. 또한 그것은 어떤 대단한 자격을 갖추거나 시험을 통과해야 얻을 수 있는 성취도 아니었다. 그저 매일매일 포기하지 않고 '엄마가 되어가는' 그 자체였다.

내 아이가 처음으로 뒤집기에 성공했을 때의 벅찬 감동, 아이의 이마에 열이 오를 때 밤을 지새우며 기도하던 간절함, 그리고 마침내 아이의 작은 입술에서 "엄마"라는 단어가 처음 새어 나왔을 때의 그 눈물겨운 경이로움. 그 모든 평범한 날들이 켜켜이 쌓여 한 사람을 비로소 '엄마'라는 고귀한 이름으로 빚어가는 여정인 것이다.

요즘 나는 거울 속에 비친 나에게 자주 말을 건넨다.

"수고했어. 오늘도 정말 잘 버텨냈어."

"어제보다 조금 덜 울었고, 오늘은 한 번 더 웃었으니, 그것만으로도 충분히 훌륭해."라고.

어느 고요한 오후, 아이가 낮잠을 자는 동안 나도 그 곁에 누워 작은 몸이 내뿜는 규칙적이고 평온한 숨소리를 가만히 경청했다. 그때 문득 깨달았다. 이 작은 생명이 나를 완전히 다른 존재로 재탄생시켰다는 것을. 나는 더 이상 예전의 내가 아니었지만, 그 변화가 이제는 더 이상 두렵지 않았다.

한때 나는 '엄마'라는 역할이 나의 이름을 집어삼키고 나를 지워버릴까 봐 전전긍긍했다. 내가 나로서 존재하지 못하고 오직 누군가의 보호자나 희생자로만 남게 될까 봐 두려웠다. 하지만 이제는 안다. 엄마가 된다는 건 나를 잃어버리는 것이 아니라, 내 안의 또 다른 가능성을 꽃피우고 나를 더 넓고 단단한 세계로 확장하는 숭고한 일이라는 것을.

나는 여전히 '엄마가 되는 중'이다. 아마도 이 여정은 평생 계속될 것이다. 어느 날은 찬란하게 웃고, 어느 날은 남몰래 눈물짓겠지만, 나는 틀림없이 나만의 색깔과 이름을 지키며 이 길을 걸어갈 것이다. 나를 잃지 않으면서도, 누군가의 우주가 되어주는 이 경이로운 길을 말이다.

딸을 낳고, 다시 나를 만났습니다

고사리손으로 땋아 올린 '나'라는 세계

아주 어린 시절부터 나는 '여자아이'라는 존재가 지닌 특유의 섬세하고 투명한 결을 사랑했다. 솜사탕처럼 부드럽지만, 쉬이 꺼지지 않는 다정함, 아침 이슬처럼 조심스럽게 반짝이는 예민한 감수성, 그리고 그 수줍은 미소 뒤에 조용히 똬리를 틀고 있는 단단한 생명력. 나는 그 결들이 모여 만들어내는 오묘하고도 따스한 공기를 유독 좋아했다.

오후의 햇살이 길게 드리운 방 안에서 홀로 몰두하던 인형 놀이는 내게 단순한 유희나 시간 때우기용 수단이 아니었다. 그것은 텅 빈 공간에 내가 꿈꾸는 가장 따뜻하고 완벽한 세계를 한 땀 한 땀 조각해 나가는 일종의 신성한 예식이었다. 작은 인형의 맑은 눈을 맞추며 세상에서 가장 고운 이름을 지어 붙여주고, 고사리 같은 손으로 나일론 실의 가느다란 머리카락을 한 올 한 올 정성껏 땋아 내리던 순간들. 나는 자투리 천 조각을 서툴게 꿰매 만든 이불을 인형에게 덮어주며, 아득한 훗날 내가 품에 안게 될 소중한 생명을 미리 예행연습 하듯 보듬고 있었는지도 모른다.

흔히 어른들의 눈에는 '소꿉놀이'라는 가벼운 단어로 치부되었던 그 시간은, 사실 내 안에 숨어 있던, 혹은 내가 장차 되고 싶었던 가장 이상적인 자아를 미리 조우하고 연습하는 성장의 과정이었다. 내 손으로 직접 인형의 머리를 땋고 리본을 묶어주며, 수많은 옷가지 중 가장 마음에 드는 원피스를 골라 입히던 그 몰입의 순간들. 거울 앞에서 내가 좋아하는 표정을 지어 보이며 홀로 키득거리던 그 모든 찰나마다, 나는 '여자아이'인 나 자신을 아주 깊숙이 사랑하고 있었다. 그 순수한 애착과 기쁨은 오랜 세월 내 무의식의 지층 깊은 곳에 단단한 화석처럼 켜켜이 쌓여 있었다.

그래서였을까. 임신 사실을 처음 알았을 때, 나는 짐짓 담담한 척 타인들에게 말했다. "성별은 전혀 중요하지 않아요. 그저 건강하기만 하면 바랄 게 없죠." 하지만 마음 한구석에는 스스로에게조차 들키고 싶지 않은, 작지만, 선명한 파동이 일렁이고 있었다. 의식적으로 눌러두려 애썼지만, 결코 지워지지 않던 그 갈망. '나를 닮은 딸이면 좋겠다.' 나는 손바닥을 배에 대고 아주 조용히, 우주의 비밀을 속삭이듯 그 소망을 매일 밤 되뇌곤 했다.

빗줄기 사이로 들려온 축복, '공주님'

마침내 운명 같은 순간이 찾아왔다. 정기 초음파 진료를 마치고 나오는 길, 의사 선생님이 안경 너머로 인자한 미소를 지으며 말씀하셨다. "축하드려요, 예쁜 공주님이네요." 그 짧은 한마디가 내 귓가를 스쳐 온몸의 혈관을 타고 전해져 심장을 크게 울렸다. 단 몇 글자에 불과한 그 평범한 문장이, 내 안에서 조용히 웅크리고 있던 모든 소망을 한꺼번에 해방하는 거대한 물결이 되었다. 나는 벅차오르는 감정을 꾹 누르며, 구름 위를 걷는 듯한 기분으로 병원 복도를 걸어 나왔다.

그날은 다정하게 비가 내리고 있었다. 병원 로비의 커다란 유리창 너머로 세상이 온통 촉촉하게 젖어 드는 풍경을 나는 한참 동안 넋을 잃고 바라보았다. 빗방울이 유리창을 타고 길게 흘러내리는 수직의 궤적들을 보며, 나는 누가 볼세라 혼자 입가에 번지는 미소를 애써 감추지 못했다. '딸이에요. 나의 공주님.' 그 울림이 어찌나 따뜻하고 포근했는지, 지금도 그날의 습한 공기 냄새와 일정한 리듬으로 들려오던 빗소리, 그리고 발끝까지 차오르던 안도감이 어제처럼 생생하다.

곁에 있던 남편은 무뚝뚝하게 고개를 끄덕일 뿐이었지만, 그날 밤 핸드폰으로 작은 분홍색 배냇저고리와 앙증맞은 레이스가 달린 양말을 검색해 장바구니에 한가득 담아놓은 그의 뒷모습을 보며 나는 알 수 있었다. 우리 둘 다, 아직 세상의 빛을 보지 못한 이 작은 생명을 이미 마음속에서 완벽하게 그려내고 사랑하기 시작했다는 것을. 임신 후반기로 갈수록 거울 앞에 서서 부른 배를 바라보는 시간은 나만의 가장 신성한 일과가 되었다. "우리 딸, 오늘도 잘 있지? 곧 만나자." 냉장고 문에 붙여둔 흑백 초음파 사진 속에서 아기의 작은 형체와 눈을 맞추려 애쓰던 날들. 그때부터 나는 이미 엄마가 되어가고 있었고, 동시에 나의 가장 순수했던 과거와 다시 연결되고 있었다. 나는 내 딸을 기다리는 동시에, 내 안의 어린 나를 마중 나가고 있었다.

분만실의 조명 아래, 나를 닮은 투명한 우주

마침내 고통스러운 진통의 끝에서 아이가 태어났다. 분만실의 환한 조명 아래서 아기가 첫울음을 터뜨렸을 때, 나는 이 아이가 내 딸이라는 사실을 온몸의 세포가 전율하는 감각으로 실감했다. 떨리는 손으로 조심스레 건네받은 아기를 보며 나는 숨조차 크게 쉬지 못한 채 그 작은 얼굴을 탐색했다. 작고 부드러운 입술, 오밀조밀한 손가락, 그 연약한 형체 안에 다 담을 수 없을 것만 같은 무한한 생의 가능성.

가장 경이로웠던 순간은 며칠 후 아이가 처음으로 눈을 떴을 때였다. 그 작고 맑은 눈동자 속에 내가 비쳤다. 마치 세상의 모진 풍파와 아픔을 알기 전, 아주 오래전 어느 시점에 멈춰버린 듯한 순하고 투명한 어린 날의 내가 그곳에 있었다. 아이와 눈을 맞추며 나는 형언할 수 없는 기시감에 휩싸였다. 내가 이 연약한 존재를 보호하고 있다고 믿었는데, 오히려 그 아이가 나를 커다란 온기로 감싸안고 있다는 역설적인 느낌. 아주 오래전의 나 자신이 아이의 얼굴을 빌려, 현재의 지친 나를 위로하기 위해 시간을 거슬러 찾아온 것만 같았다.

딸을 키우는 일은 단순히 아이를 돌보는 의무를 넘어, 내 안에 부서진 과거를 다시 쓰는 섬세한 복원 작업이었다. 딸이 말을 배우고 감정을 표현하기 시작하면서, 나는 오랫동안 잊고 지냈던 나의 조각들을 하나둘씩 발견했다. 아이가 "엄마", "아빠", "물", "좋아" 같은 짧은 단어들을 입술 끝으로 밀어낼 때마다, 나는 기쁨과 놀라움, 그리고 설명할 수 없는 뭉클함이 뒤섞인 감정에 젖어 들었다.

그러던 어느 날이었다. 심한 감기 몸살로 컨디션이 바닥을 치고 있었지만, 여느 때처럼 산더미 같은 집안일과 육아의 굴레에서 벗어날 수 없었다. 무거운 몸을 이끌고 겨우 식사 준비를 마친 뒤 다 먹은 그릇을 치우던 내 등 뒤로, 아주 작고 낮은 목소리가 들려왔다.

"엄마, 울지 마. 아프지 마."

아직 문장도 서툰 아이가 순수한 직감으로 내 얼굴의 작은 그늘과 말투의 미묘한 떨림까지 모두 읽어내고 있었다. 그 맑은 진심을 마주한 순간, 나는 밀려드는 감동과 미안함으로 그날 밤 내내 소리 없이 울었다.

아이의 잠든 얼굴을 보며 나는 깨달았다. 이것은 오래전 엄마의 팔을 베고 잠들었던 나의 모습이자, 내가 그토록 되찾고 싶었던 나의 근원이라는 것을. 나는 딸을 키우며 나의 엄마를 다시 만났고, 동시에 그 엄마의 품 안에 머물렀던, 상처받기 쉬운 어린 나를 다시 발견했다. 딸을 낳고 나서야 나는 비로소 나 자신을 깊고 따뜻하게 들여다볼 수 있게 되었다. 이 아이가 내게 온 것은 단순한 출산이 아니라, 나의 영혼이 다시 한번 깨어나는 완벽한 재탄생이었다. 나는 딸을 낳고, 그 누구도 아닌 오랫동안 외롭게 기다려온 '진짜 나'를 다시 만났다.

그 애는 내 딸인데, 내 엄마 같아요

엄마라는 역할이 무너져 내린 오후

아이를 키우다 보면 가끔 이성적으로는 도저히 설명하기 힘든 역설적인 감정의 소용돌이에 사로잡힌다. 나는 분명 이 아이를 세상에 내놓은 사람이고, 매일 먹이고 재우며 아이의 삶 전체를 온전히 책임져야 하는 '엄마'다. 당연히 그 모든 무게를 견뎌내고 앞장서서 이끌어야 할 사람은 나여야만 한다. 그런데 이상하게도, 어떤 날은 이 집에서 가장 약하고 위태로운 존재는 다름 아닌 나인 것만 같고, 가장 단단하고 어른스러운 존재는 오히려 내 딸처럼 느껴질 때가 있다.

그 묘한 역설을 처음 정면으로 마주한 건, 지독하게 고단했던 어느 평범한 오후였다. 며칠째 이어진 수면 부족으로 육체적, 정신적 에너지는 이미 바닥을 드러내고 있었다. 아기는 낮잠조차 거부한 채 끊임없이 날카로운 울음을 터뜨렸다. 단 10분 만이라도 조용히 누워 눈을 붙이고 싶었지만, 아기는 배고픔과 졸음, 그리고 낯선 세상에 대한 원초적인 불안으로 울음을 멈추지 않았다. 젖은 기저귀를 갈고, 미지근한 분유를 타고, 납덩이처럼 무거운 몸을 흔들며 아기 달래기를 수십 번. 허리는 끊어질 듯 욱신거렸고 온몸의 뼈마디는 비명을 질렀다.

마침내 간신히 분유를 물린 아이가 또다시 자지러지게 울음을 터뜨렸을 때, 나는 나도 모르게 "제발 좀 먹자, 엄마 진짜 너무 힘들어…"라는 비명 같은 혼잣말을 뱉어버렸다. 그리고 더 이상 버틸 힘조차 남아 있지 않아 그 자리에 주저앉아 엉엉 울어버렸다. 사방이 막힌 고립된 공간에서 홀로 이 거대한 생명의 무게를 감당하는 것이 너무도 외롭고 처절해서, 나는 속절없이 무너져 내렸다. 누구에게도 차마 말할 수 없었던 독박 육아의 고단함이 임계점을 넘어 폭발한 순간이었다.

작은 손끝이 전해준 거대한 구원

그런데 그때, 놀라운 광경이 펼쳐졌다. 내 울음소리를 듣던 아이가 거짓말처럼 울음을 뚝 그쳤다. 그리고 그 작고 부드러운 손끝이 내 눈물 젖은 뺨을 조심스레 훑고 지나갔다. 그 짧고도 가느다란 접촉의 순간, 나는 비로소 이 작은 생명에게 온전히 품어지는 듯한 기적 같은 기분을 느꼈다. 딸이 나를 안아주고 있었다. 말보다 훨씬 깊고 온전한 영혼의 교감이 우리 사이에 흐르고 있었다.

그날 이후, 나는 그런 경이로운 순간들을 자주 마주한다. 내가 엄마임에도 불구하고, 상황의 공기를 먼저 읽고 반응하는 건 오히려 아이일 때가 많았다. 남편과 사소한 말다툼을 한 후, 차가워진 공기를 견디지 못해 방 안에서 이불을 뒤집어쓰고 있을 때도 그랬다. 아무 말 없이 숨죽여 누워 있었는데, 딸이 조용히 다가와 이불 한 자락을 걷어내더니 내 무릎에 얼굴을 묻고 나지막이 속삭였다.

"엄마, 우리같이 잘까? 내가 꼭 안아줄게."

그 말에 참았던 눈물이 왈칵 쏟아졌다. 내가 지금 얼마나 외로워하고 있는지, 괜찮은 척 안간힘을 쓰고 있다는 것을 그 작은 아이는 투명하게 꿰뚫어 보고 있었다. 나보다 훨씬 작은 몸을 가진 아이가 내 마음의 가장 깊은 골짜기를 먼저 알아채고 다가와 나를 품어준 것이다.

가끔은 내가 이 아이보다 훨씬 미성숙한 어른이 아닐까 하는 자책 섞인 의구심이 든다. 나는 여전히 감정 표현에 서툴고 누군가의 날카로운 말 한마디에 속절없이 무너지곤 하지만, 이 아이는 내 마음의 미세한 파동을 기가 막히게 감지해 낸다. "엄마, 왜 울어? 슬퍼?" "엄마 속상해?" 그 맑은 질문들 앞에서 나는 놀라움에 숨이 막힌다. 내가 겹겹이 숨기려 했던 우울과 슬픔의 파편들이 아이의 투명한 눈동자에는 여과 없이 비치고 있었다.

나를 길러내는 나의 작은 엄마

한번은 유치원 등원 준비로 유난히 바빴던 아침이었다. 아이가 신발을 고르며 한참 떼를 쓰자, 시간이 촉박했던 나는 결국 쌓였던 짜증을 참지 못하고 날카로운 큰 소리를 냈다. "제발 좀 빨리 하자고 했잖아! 엄마 화나는 거 안 보여?" 아이는 입술을 꾹 다물고 젖은 눈으로 나를 바라보더니, 말없이 구석으로 가 앉았다. 아차 싶은 미안한 마음에 뒤늦게 다가가자, 아이는 오히려 내 거친 손을 꼭 잡으며 물었다.

"엄마, 미안해요. 나 때문에 화 많이 났어?"

그 순간 나는 완전히 무너져버렸다. 화를 낸 건 나였는데, 오히려 상대를 위로하고 보듬는 건 아이였다. 나는 이토록 작고 어린 사람 앞에서 비로소 감정을 숨기지 않아도 된다는, 일종의 '무장 해제'의 허락을 받고 있었다. 아이를 키우는 것은 단지 내가 아이를 가르치고 일방적으로 길러내는 일이 아니었다. 오히려 아이라는 거울을 통해 나 자신을 되돌아보고, 오래전 상처받은 내면의 어린 나를 치유하며 다시 나를 길러내는 성스러운 시간이었다.

그동안 나는 아이의 울음에는 "괜찮아, 그럴 수 있어"라고 한없이 관대하면서도, 왜 정작 내 슬픔에는 "그만해, 참아야 해, 너는 엄마니까"라고 이토록 가혹했을까. 나는 엄마가 된 후, 수많은 감정을 '엄마'라는 이름 아래 외면하며 살아왔다. 그래야만 완벽한 엄마인 줄 알았기 때문이다. 하지만 내 딸은 매일 나에게 새로운 진리를 가르쳐준다. 감정을 있는 그대로 드러내도 괜찮다는 것을, 때로는 아이처럼 울어도 괜찮다는 것을, 그리고 그 모든 감정이 '나'라는 사람을 구성하는 소중하고 고귀한 조각들이라는 사실을 말이다.

이 아이는 나를 낳은 엄마는 아니지만, 마모된 내 영혼을 다시 길러내고 성장시키는 또 다른 엄마와 같다. 아이를 키우며 내 안의 결핍된 어린 나를 다시금 정성껏 키우고 있다는 확신이 든다. 이제 나는 더 이상 세상이 요구하는 '완벽한 엄마'가 되려고 애쓰지 않는다. 그저 내 아이와 함께하는 이 일상이 솔직하고 다정하기를, 서로의 연약함을 기꺼이 내보일 수 있기를 바랄 뿐이다. 그 애는 분명 내 배 아파 낳은 내 딸이지만, 어쩐지 가끔은 내 영혼의 구멍을 메워주는 나의 작은 엄마 같다.

엄마로 산다는 건, 결국 매일 작아지는 일

나의 우주가 아이의 리듬으로 재배치되다

"이제 엄마는 맨날 나랑만 놀아야 해. 어디 가지 마, 응?"

어린 딸이 내 손가락을 작은 집게처럼 꼭 붙잡으며 간절하게 말할 때, 나는 그 모습이 너무도 사랑스러워 웃음이 나다가도 마음 한구석이 날카로운 칼에 베인 듯 아려오는 것을 느낀다. 그 짧고 천진한 문장 하나에 지금 내 삶의 가혹하면서도 찬란한 진실이 오롯이 담겨 있기 때문이다. 나의 시간, 나의 공간, 나의 사회적 성취, 그리고 내 이름 석 자의 무게까지. 삶의 모든 요소가 이 작은 존재를 중심으로 재배치되고 압축되었다.

나는 요즘 하루가 어떻게 시작되는지조차 명확히 느끼지 못한다. 늘 반쯤 잠에 취한 혼곤한 상태로, 새벽 6시쯤 고막을 파고드는 "엄마, 일어나!"라는 단호한 알람 소리에 강제로 눈을 뜬다. 내 등 위로 냅다 올라탄 아이가 작은 손으로 머리카락을 잡아당기며 밥을 달라고 조를 때, 나는 '인간 김태은'이라는 개별적 존재에서 '서아 엄마'라는 거대한 역할로 즉각 전환된다. 화장실조차 혼자 갈 수 없어 아이를 무릎에 앉히거나 문을 열어둔 채 볼일을 보는 그 우스꽝스럽고도 비참한 순간에도, 나는 나만의 절대적인 공간이 영원히 상실되었음을 서늘하게 자각한다. 하지만 아이의 정수리에서 풍겨오는 그 포근하고 달콤한 젖비린내를 맡으면, 신기하게도 나를 지키려던 모든 경계심이 일순간 무너져 내린다. 이 작은 생명에게 나는 세상의 전부이자 유일한 우주이기 때문이다.

식탁 앞에서도 나는 끊임없이 작아진다. 한 손엔 아이를 위한 숟가락을, 다른 손엔 물컵을 들고 턱으로는 흘러내리는 접시를 고정하며 허겁지겁 끼니를 때운다. 내 옷에는 언제 묻었는지 모를 국물 자국과 케첩 얼룩이 훈장처럼 얼룩져 있다. 내 위장이 텅 빈 항아리처럼 공허하게 비어가도, 아이가 오물거리는 입술로 "엄마, 밥 진짜 맛있어!"라고 말해주면 그 허기조차 형언할 수 없는 기쁨으로 치환된다. 나는 그렇게 나의 생리적 욕구와 기호를 뒤로 밀어내며, 매일 조금씩 나 자신을 깎아내고 있다.

세상의 시선과 백팩의 무게

아이와의 외출을 준비하는 과정은 그 자체로 거대한 행군과 같다. 기저귀, 물티슈, 여분의 간식, 여벌 옷 두 벌, 아이가 좋아하는 장난감으로 가득 찬 백팩은 작은 캐리어만큼이나 묵직하게 내 어깨를 짓누른다. 정작 내 가방은 텅 비어 있거나 구겨진 마스크 한 장이 전부다. 나의 외출은 언제부턴가 '나를 위한 산책'이 아닌 '아이를 위한 이동'으로 변모했다. 그 육중한 무게를 견디는 유일한 힘은, 오직 아이의 안전과 편안함을 지키겠다는 모성 본능에서 나온다.

가장 견디기 힘든 순간은 평화롭던 마트 한복판에서 아이가 바닥에 드러누워 고집을 피울 때다. 원하는 장난감을 사달라며 자지러지게 우는 아이를 향해 쏟아지는 사방의 따가운 시선들. '요즘 엄마들은 애 버릇을 저렇게 들인다'거나 '훈육을 제대로 못 한다'라는 식의 차가운 판단의 눈빛들 앞에서, 나는 수치심과 무력감으로 부글부글 끓어오른다. 이마에는 식은땀이 흐르고 무릎에는 힘이 빠진다. 단호하게 "안 돼!"라고 훈육해야 할지, 아니면 이 소란을 잠재우기 위해 아이의 요구를 들어줘야 할지 머릿속에 수천 개의 육아 지식이 스쳐 지나가지만, 결국 나는 아이를 둘러업고 도망치듯 마트를 빠져나온다.

주차된 차 안에서 홀로 깊은 한숨을 내쉬며 "난 왜 이리 못났을까, 나는 정말 좋은 엄마가 될 자격이 없는 걸까"라며 자책의 눈물을 터뜨리는 순간. 백미러 속에 비친 아이가 "엄마 미안해요, 우리 이제 집에 가자"라고 말하며 작은 손을 내밀면 나는 다시 한번 무너진다. 완벽함을 증명하려 했던 나의 어리석음이 부끄러워지며 나는 또다시 한없이 작아진다. 엄마로 산다는 것은 매일 사소한 선택들 앞에서 나를 깎아내어 아이가 머물 자리를 넓혀주는 일이다. 오늘도 나는 내가 입고 싶은 세련된 옷 대신 아이의 활동적인 옷을 사고, 내가 먹고 싶은 매콤한 음식 대신 아이가 좋아할 담백한 메뉴를 고르며, 내가 보고 싶은 영화 대신 아이가 깔깔대며 즐거워할 영상을 기꺼이 튼다.

작아짐으로써 비로소 완성되는 사랑

하지만, 이 '작아짐'의 과정이 꼭 슬프고 상실감만 주는 것은 아니라는 사실을 나는 이제 안다. 내가 기꺼이 작아졌기에, 이 아이의 작은 손이 내 손안에 온전히 들어올 수 있었고, 내가 나의 시간을 기꺼이 접었기에 아이의 하루가 온통 나의 사랑으로 채워질 수 있었다. 어릴 적 나의 엄마도 늘 그렇게 나를 위해 자신의 자리를 좁히며 그곳에 서 있었다. 학교 마중을 나오고 밤새 젖은 물수건을 갈아주던 엄마의 그 묵묵한 희생이 지금의 나를 지탱하는 굳건한 뿌리가 되었듯, 이제는 내가 내 아이에게 그런 기억의 버팀목이 되어주고 있다.

딸의 마음속에 "우리 엄마는 항상 내 편이었어.", "엄마는 나 때문에 자주 웃어주었어"라는 기억이 남을 수 있다면, 나는 기꺼이 더 작아지고 투명해져도 좋다. 엄마로 산다는 것은 나라는 존재를 끊임없이 내어주는 소모적인 일처럼 보이지만, 그 작아짐 속에서 나는 누군가의 세계를 가장 크고 안전하게 만들어주는 유일한 '창조자'가 된다. 아이가 두려움 없이 첫걸음을 떼고, 서툰 말을 배우고, 환한 웃음을 터뜨릴 수 있는 것은 내가 기꺼이 한 발짝 물러나 따뜻하고 넉넉한 배경이 되어주었기 때문이다.

오늘도 나는 조용히 작아지는 길을 선택한다. 그것이 내가 세상을 향해 사랑을 전하는 가장 정직한 방식이고, 내가 '엄마'라는 이름을 달고 살아가는 고귀한 이유이기 때문이다. 이 작아짐의 끝에서 언젠가 아이가 나에게 "엄마, 나도 나중에 누군가에게 엄마처럼 따뜻한 사람이 되고 싶어"라고 말해준다면, 나는 그보다 더 위대한 인생의 성취는 없을 것이라 믿는다. 나는 내일도 기꺼이, 그리고 즐거이 다시 작아질 준비가 되어 있다.

다시 나를 부를 시간

익명의 이름표 뒤에 사라진 '나'

오랜만에 내 이름을 들었다. "김태은 씨, 맞으시죠?"

건조한 공기를 가르고 들려온 그 평범한 한마디에 가슴 한구석이 찌릿하게 저렸다. 찰나의 순간이었지만 눈물이 핑 돌 정도로 낯설고도 그리운 세 글자였다. '김태은'. 참 오래도록 소리 내어 불러본 적 없는, 일상의 소음 속에 먼지처럼 가라앉아 있던 나의 고유한 명칭이었다.

어느새 나는 병원에서도, 어린이집 앞에서도, 동네 놀이터에서도 오직 '서아 엄마'라는 익명의 호칭으로만 존재했다. 누구나 그렇게 부르기에 나도 그러려니 했지만, 그 책임감 있는 호칭 뒤로 내 진짜 이름은 일상의 구석 어딘가에 조용히 접혀 들어가 있었다. 거울 속의 나는 조금씩, 그러나 꾸준히 소멸해 가고 있었다. 출산 전 눈동자에 가득했던 생경한 반짝임, 주말마다 좋아하는 옷을 골라 입고 카페에서 홀로 책을 보던 여유는 이제 박물관의 유물처럼 아득해졌다.

눈가에는 만성적인 피로가 짙게 깃들었고, 머리카락은 거추장스러운 듯 항상 질끈 묶여 있었다. 가장 마지막으로 화사한 립스틱을 발랐던 날이 언제였는지조차 기억나지 않았다. 반복되는 가사 노동과 끝없는 육아의 굴레 속에서 나는 감정이 무뎌진 기계처럼 변해가고 있었고, 그 것을 '강한 엄마'가 되는 숭고한 과정이라 착각하며 스스로를 채찍질했 다. 하지만 그 인내의 시간 동안 내 안의 '김태은'은 가쁜 숨을 몰아쉬 며 조금씩 지워지고 있었다.

깜빡이는 커서 위에 다시 새긴 '나

그러던 어느 날, 우연히 들른 도서관에서 운명 같은 문구 하나를 발 견했다. '글로 나를 돌아보는 시간 : 성인 대상 글쓰기 모임' 그전까지 만 해도 육아 외에 무언가를 새로 시작한다는 것은 사치이자 주변에 끼 치는 민폐라고만 생각했다. 지금 내게 주어진 역할만으로도 벅찬데, 새 로운 일에 마음을 내어주는 건 무모한 도전 같았다. 하지만 '나를 돌아 본다'라는 그 투명한 문장이 며칠 내내 머릿속을 떠나지 않았다.

깊은 밤, 아이를 재우고 망설인 끝에 노트북 앞에 앉았다. '엄마가 글을 쓴다는 게 정말 가당키나 한 일일까?' 하는 의구심을 누르고, 하얀 화면 위 깜박이는 커서 옆에 내 이름을 또박또박 써넣었다. [김태은].

그 세 글자가 화면에 나타나는 순간, 가슴이 울컥했다. 타인의 호칭 뒤에 유폐되었던 내가 비로소 세상 밖으로 고개를 내미는 순간이었다.

글쓰기 모임 첫날, 그곳엔 나처럼 삶의 무게에 짓눌려 지친 기색이 역력한 엄마들이 모여 앉아 있었다. "제 이름이 낯설어서, 서명하다가 틀릴 뻔했어요."라는 누군가의 나지막한 고백에 우리는 약속이라도 한 듯 서로의 눈을 맞추며 고개를 끄덕였다. 나 역시 떨리는 목소리로 겨우 입을 뗐다.

"어린이집에 다니는 딸을 키우고 있어요. 그런데 요즘 제 목소리가 자꾸만 작아지는 것 같아, 글로라도 제 이야기를 토해내고 싶어 찾아왔습니다."

그 말을 뱉어낸 뒤 느꼈던 묘한 해방감은 나를 다시 숨 쉬게 하는 신선한 공기와 같았다. 작아지고 있었던 건 나만이 아니었다. 수많은 엄마가 조용히, 그러나 끈질기게 자신을 밀어내며 살아가고 있었다.

이름과 역할 사이의 눈부신 균형

그날 이후 나는 매주 한 편씩 글을 썼다. 아이가 잠든 밤, 내 마음속 깊은 곳에 가라앉아 있던 문장들을 길어 올렸다. 커피를 한 모금 마시며, 나는 찢어지고 해진 마음의 조각들을 문장이라는 실로 정성스럽게 꿰매어 나갔다. 글을 쓰는 동안 나는 아이처럼 엉엉 울기도 했고, 글 속의 나를 마주하며 스스로 위로의 미소를 짓기도 했다. 누구에게도 털어놓지 못한 채 가슴에 응어리졌던 내면의 비명을 오직 나 자신에게 쏟아내며, 나는 비로소 치유되고 있었다.

몇 달이 지난 지금, 나는 명확히 안다. 나는 아이의 세상을 지키는 든든한 '엄마'지만, 동시에 나만의 문장으로 숨 쉬는 고유한 존재 '나'이다. 가끔은 글쓰기 모임이 끝난 후, 동네 카페 창가에 앉아 따뜻한 머그잔의 온기를 느끼며 나에게 속삭인다. "태은아, 정말 수고했어. 장하다." 엄마라는 이름만으로 불렸던 길고 어두운 터널을 지나, 나는 이제 다시 나의 이름을 소리 내어 부를 수 있게 되었다. '다시 나를 부를 시간'은 단순한 호칭의 회복을 넘어, 내가 나를 기억하고 안아주는 성스러운 자기 구원의 시간이다.

아이도 곧 자랄 것이다. 언젠가는 내 품을 벗어나고 나의 손길을 덜 필요로 하게 될 날이 올 것이다. 그때 나는 이름 없는 그림자로 남기보다, '엄마'와 '나' 사이의 건강하고 눈부신 균형을 잡은 단단한 한 사람으로 서 있고 싶다. 내 아이에게 이렇게 당당하게 말해줄 수 있는 엄마.

"나는 너의 엄마이기도 하고, 동시에 뜨겁게 꿈을 꾸는 나 자신이야."

오늘 밤도 나는 글을 쓴다. 작은 스탠드 조명 하나에 의지한 채, 새근새근 숨 쉬며 잠든 아이 옆에서 조용히 내 이름을 불러본다. 나는 매일 조금씩, 나의 이름으로 다시 피어나고 있다.

너는 너의 이름으로 피어나라,
나는 나의 문장으로 살 테니

불완전한 엄마여서 오히려 다행인 것들

한때 나는 '완벽한 엄마'라는 환상의 감옥에 스스로를 가두고 살았다. 아이에게는 언제나 정제된 언어만을 건네야 하고, 집안은 늘 온기가 감돌면서도 정갈해야 하며, 아이의 정서 발달을 위해 나의 피로쯤은 기꺼이 안개 속으로 숨겨야 한다고 믿었다. 그 강박은 나를 늘 팽팽하게 당겨진 활시위처럼 만들었다. 조금이라도 실수하거나 아이에게 날카로운 짜증을 낸 날이면, 밤마다 잠든 아이의 얼굴 위로 뜨거운 죄책감을 쏟아내며 스스로를 채찍질했다. "나는 왜 이것밖에 안 될까." 그 질문은 서서히 나를 좀먹는 독과 같았다.

하지만 글을 쓰며 내면의 거울을 들여다보기 시작하자, 그 '완벽'이라는 목표가 얼마나 오만한 환상이었는지 깨닫게 되었다. 인간은 본래 결핍된 존재이며, 엄마 또한 그 결핍에서 자유로울 수 없는 연약한 한 사람일 뿐이다. 내가 아이에게 진정으로 보여주어야 했던 것은 완벽한 신의 모습이 아니라, 자신의 부족함을 인정하고 그 안에서 최선을 다해 사랑을 건네는 인간적인 뒷모습이었다.

이제 나는 아이 앞에서 가끔 실수하고, 견디기 힘든 피로가 몰려올 때는 "엄마도 지금은 조금 쉬고 싶어"라고 솔직하게 고백한다. 놀랍게도 내가 완벽의 가면을 벗어 던졌을 때, 아이는 이전보다 훨씬 편안해 보였다. 내가 완벽해지려 애쓸 때 아이는 내 눈치를 살폈지만, 내가 불완전함을 있는 그대로 드러낼 때 아이는 고사리손으로 나를 위로하며 자신의 작은 마음자리를 내어주었다. 나의 빈틈은 더 이상 부끄러운 결함이 아니었다. 그것은 아이가 들어와 나를 안아줄 수 있는 따스한 '여백'이 되었다.

눈물로 가르치는 '사람'의 온도

어느 날, 유독 지친 하루를 보내고 거실 소파에 앉아 멍하니 눈물을 흘린 적이 있다. 예전 같았으면 아이가 볼세라 얼른 눈물을 훔치고 화장실로 숨어들었겠지만, 그날은 그럴 힘조차 남아 있지 않았다. 조용히 다가온 딸아이가 내 손을 꼭 잡으며 물었다. "엄마, 왜 슬퍼? 내가 뭐 도와줄까?" 나는 아이를 품에 안고 떨리는 목소리로 솔직하게 대답했다.

"서아야, 엄마도 가끔은 이유 없이 마음이 아플 때가 있어. 그냥 속상해서 눈물이 나는 거야. 이건 절대 네 잘못이 아니야."

그날 나는 소중한 진리를 깨달았다. 아이에게 슬픔을 숨기는 것보다, 슬픔을 어떻게 마주하고 다시 회복해 나가는지를 보여주는 것이 훨씬 귀한 교육이라는 것을. 엄마도 울고, 엄마도 아프며, 엄마도 때로는 길을 잃는다는 사실을 알게 된 아이는 타인의 슬픔에도 깊이 공감할 줄 아는 아이로 자라났다. 나의 불완전함은 아이에게 타인의 약함을 비난하지 않고 보듬어주는 법을 가르치는, 살아있는 교과서가 되어 주었다.

완벽한 엄마 밑에서 자란 아이는 완벽하지 못한 자신을 용서하지 못하겠지만, 불완전한 엄마 밑에서 넘치는 사랑을 받고 자란 아이는 자신의 부족함 또한 생의 자연스러운 무늬로 받아들일 줄 알게 된다. 나는 이제 나의 빈틈을 부끄러워하지 않는다. 그 틈 사이로 아이의 위로가 흘러 들어오고, 우리의 사랑은 그 틈새를 메우며 더욱 단단하게 여물어가기 때문이다. 불완전한 엄마여서, 그래서 오히려 다행이라는 안도감이 비로소 내 마음을 가득 채운다.

건강한 이별을 준비하는 매일의 연습

육아의 최종 목적지는 역설적이게도 '독립'이다. 내가 이토록 온 힘을 다해 아이를 먹이고 입히고 가르치는 이유는, 언젠가 내가 곁에 없어도 아이가 자신의 두 발로 세상을 당당히 걸어가게 하기 위함이다. 하지만 많은 엄마가 그 마지막 단계를 잊은 채 아이를 자신의 확장된 자아로 착각하며 살아간다. 나 역시 한때는 아이의 성취가 곧 나의 유능함이라 믿었고, 아이의 실패가 곧 나의 낙인이라 여기며 일희일비했다.

그러나 이제 나는 안다. 딸은 나의 소유물이 아니며, 내 인생의 2회차를 대신 살아줄 대역배우도 아니다. 아이는 오직 자신만의 고유한 빛깔과 향기를 지닌 독립된 우주다. 내가 아이에게 줄 수 있는 가장 큰 선물은 아이의 손을 꽉 쥐는 것이 아니라, 적절한 시기에 기꺼이 손을 놓아주는 용기라는 것을, 글을 쓰며 배웠다. 내가 나만의 문장을 찾고 '김태은'이라는 이름으로 바로 서기 시작하자, 비로소 아이를 한 명의 독립된 인격체로 바라볼 수 있는 맑은 시야가 생겼다.

우리는 매일 조금씩 이별하고 있다. 아이가 내 품을 벗어나 학교로 향할 때, 친구와 비밀 이야기를 나누며 까르르 웃을 때, 혼자만의 방에서 무언가에 몰두할 때, 나는 그 거리가 서운하기보다 대견할 것이다. 내가 나의 삶을 충실히 살아낼 때, 아이 또한 '엄마의 희생'이라는 무거운 부채감 없이 자신의 삶을 가볍게 날아오를 수 있다는 것을 나는 이제 굳게 믿는다.

대를 이어 흐르는 사랑의 강물

나는 가끔 잠든 딸아이의 얼굴을 보며 나의 엄마를 생각한다. 엄마가 나를 키우며 느꼈을 고독과 환희, 그리고 안개처럼 지워져 갔던 그녀의 이름들. 이제 나는 그 이름을 원망이 아닌 연민으로, 아픔이 아닌 존경으로 부를 수 있다. 엄마가 내게 준 사랑의 자양분은 나를 거쳐 다시 내 딸에게 흐르고 있다. 이 거대한 사랑의 순환 속에서 우리는 모두 연결되어 있지만, 동시에 각자의 이름으로 빛나야 하는 개별적인 존재들이다.

"서아야, 너는 너의 이름으로 피어나라. 엄마는 엄마의 문장으로 이곳에서 단단히 살아가고 있을게."

이것은 내가 딸에게 전하는 가장 뜨거운 응원이자, 나 자신에게 거는 신성한 주문이다. 내가 행복해야 아이도 행복할 권리를 당당히 누릴 수 있고, 내가 나를 사랑해야 아이도 자신을 사랑하는 법을 배운다. 나는 더 이상 아이의 등 뒤에서 이름 없는 그림자로 살지 않을 것이다. 아이 곁에서 나란히 걷되, 때로는 나의 길을 먼저 개척해 나가는 한 여성의 당당한 본보기가 되고 싶다.

나의 원고는 여기서 마침표를 찍지 않을 것이다. 아이가 자라 제 이름으로 세상을 물들일 때, 나 또한 나의 문장들로 세상을 향해 끊임없이 말을 걸 것이다. 우리는 서로의 가장 든든한 독자가 되어주고, 가장 뜨거운 지지자가 되어줄 것이다.

딸아, 고맙다. 너를 통해 나는 엄마가 되었고, 다시 나를 찾았으며, 마침내 한 인간으로서 완성되어 가고 있다. 너는 너의 찬란한 미래를 써 내려가렴. 나는 나의 정직한 문장들로 이 삶을 꽉 채우며 너의 뒷모습을 미소로 지켜보마. 우리는 각자의 자리에서, 각자의 이름으로, 가장 나답게 아름다울 것이다.

여성을 성장시키는 모성

김지연 (시집 『새살』 저자)

kimjiyeonwriter@naver.com

이 책에는 여성성과 모성이 가득 차 있다. 그래서 온화하고 신비로운 아우라를 만끽할 수 있다. 위대한 어머니의 세계. 엄마를 바라보며 자라는 아이에서, 직접 엄마가 과정, 그리고 이로 인해 실현되는 성숙함은 글의 깊이감을 더한다.

어머니가 된다는 것은 세상을 바라보는 새로운 안목을 획득한다는 것을 의미한다. 아이를 출산하고 양육하는 과정을 통해 보다 더 긍정적이고 따뜻하게 세계를 바라볼 수 있는 힘이 생긴 것이다. 이는 모성이 가진 본질적인 생명력이자 긍정성이라고 할 수 있겠다.

현대인에게 무엇보다도 필요한 것, 인간이라면 누구나 본태적으로 누리고 싶어 하는 모성은 인간이 근원적인 행복을 찾아가는 토대로써 작용한다 하여도 과언이 아닐 것이다.

비록 인간이 세상의 모순과 직면하여 고투할지라도 원초적인 행복을 발산하는 모성을 망각하지 않았다면, 결코 절망이 우리의 삶을 잠식하는 일이 없을 것임을 매우 자명하다. 이는 단지 여성에게만 국한된 이야기가 아니다. 사랑의 여러 종류 중에서 무조건적이며 진정성 있는 것은 모성이다. 아들이 어머니를 통해 경험하는 것이기도 하다. 모성의 충분한 발산은 모든 인간을 이롭게 한다. 모성의 완전함은 누구도 부정할 수 없다. 반면, 모성의 결핍은 불행한 인간상을 만들어내는 원인으로 작용한다.

이현주의 글은 '엄마로 살아가는 딸'의 관점에서 시작된다. 엄마가 되고 나니, 엄마의 삶을 진실하게 응시하게 된 것이다. 작가의 글은 어머니의 삶을 존중하며, 어머니를 닮아 가는 삶을 지향한다. 또한 그렇게 어머니와 함께 나이 들어가는 현재를 축복한다. 작가는 '엄마라서 글을 쓴다'라고 글을 마무리하고 있다. 이는 엄마라는 위치가 주는 생동감과 추진력을 반영한다. 세계를 긍정적으로 바라보고 살아가는 일, 이는 자식이 성인이 되어서 어머니의 삶을 올곧게 이해하면서 도달함을 재확인할 수 있는 부분이다.

양희영의 글은 여성의 일생을 선형적으로 관통하여 보여준다. 임신을 시작으로 모성이 출발하는 과정을 여실하게 나타난다. 초보 엄마로서 보여주는 모습은 어머니가 된 여성의 행복감을 생생하게 표상한다.

이처럼 모성을 관점으로 바라보면 작가의 세계관은 아름답고 따뜻하다. 아이의 사춘기에도 책을 통해서 돌파구를 찾는 방향성은 같은 고민을 안는 독자들에게도 슬기로운 해법으로 제시될 것이다. 작가는 인생의 일부를 '엄마가 되어 가는 길'로 묘사하는데, 이는 모성의 힘이 삶에 미치는 긍정적인 영향을 단적으로 보여준다.

김태은의 글은 딸과의 관계를 조명해서 자아를 정의하는 과정을 보여준다. 작가는 '딸을 낳고 다시 나를 만났다'라는 표현을 통해서 인간이 스스로의 진정한 자아를 찾는 방법이 모성이 될 수 있음을 암시한다. 때로는 '딸이 엄마 같다'라는 생각은 권위적인 모습이 아닌 수평적인 식견에서 자식을 대하는 존중감이 나타난다. 엄마로 살아가며 자식의 성장을 바라보며, 다시 '나의 이름'으로 피어나고자 하는 글의 흐름은 여성이 모성을 경험하고 발산하면서 이루는 인간의 성숙함을 깊이 있게 성찰한다.

이 시대에 반드시 결핍되어서는 안 되는 것, 바로 모성이다. 모성은 탄생과 밀접하게 결부되어 있다. 사랑의 가장 본질적인 핵심이자 모든 이들이 추구하는 이상이기 때문이다. 세계를 바라보는 긍정과 행복은 모성을 바탕으로 한다. 자식을 낳고 키우면서 인간은 성숙하게 성장할 수 있는 것이다. 또한 어머니의 노고를 이해하며, 어머니가 나에게 쏟아 준 사랑의 의미 또한 진솔하게 깨달을 수 있게 된다.

세상에서 가장 행복한 순간은 언제이겠는가? 바로 사랑을, 진실한 사랑을 가슴 깊이 깨닫는 순간이다.

고마워요, 엄마

초판 1쇄 발행 ｜ 2026년 5월 15일

지은이 ｜ 이현주, 양희영, 김태은
펴낸이 ｜ 김지연
펴낸곳 ｜ 마음세상

출판등록 ｜ 제406-2011-000024호 (2011년 3월 7일)

ISBN ｜ 979-11-5636-657-7(03810)

원고투고 ｜ maumsesang2@nate.com
블로그 ｜ http://blog.naver.com/maumsesang

값 16,800원